文庫 JA
47〉

ロケットガール2

天使は結果オーライ

野尻抱介

早川書房

7325

目次

天使は結果オーライ

第一章　ゆかり、故郷に帰る

ACT・1

『みっなっさーん、こんにちはぁぁぁ！　フジミテレビの追っかけレポーター、桃井敬子《ももいけいこ》でーっす！

いまや世界のアイドル、美少女宇宙飛行士の森田《もりた》ゆかりちゃん・マツリちゃんを追って、はるばる南太平洋ソロモン諸島の、ソロモン宇宙基地にやってきましたーっ!!

ここまで来るのに飛行機と船を乗り継いでまる三日！

もーあたしもスタッフも、くーったくたになっちゃいましたよぉ！

でもゆかりちゃんはですねえ、なんと高校一年の夏休みに、たった一人でこの島に来たんですよねー。すごいですよねー。

それも行方不明のお父さんを探しにきたっていうから感動ですよねー。

そしてソロモン宇宙基地との、運命の出会いがあったわけですねー。

やっぱり宇宙飛行士って、タダモノじゃないんですねー。ゆかりちゃんは初飛行のあと、あの横浜の名門女子高、ネリス女学院を中退して一生を宇宙に捧げる決意をしちゃったんですよねー。すごいですねー。

でもって、ゆかりちゃんの異母姉妹にあたるのが、第二の宇宙飛行士、マツリちゃんなんですねー。マツリちゃんはこの島の先住民族、タリホ族の一員として生まれ育って、なんと魔法使いの卵なんですねー。でもなぜか宇宙飛行士やってるんですねー、すごいですねー。

さてさて――この『密着特番！　宇宙の天使ロケットガール』も今回で四回目となりまして、いよいよっ、ついにっ、なんとっ、宇宙からの生中継が実現しましたぁ!!

さーそれでは宇宙のゆかりちゃんを呼んでみましょう！　ゆかーりちゃぁぁぁん!!』

この軽薄な、ウエハースが裸足で逃げ出すような声は、三つの地上局と二つの通信衛星を経由してゆかりのもとに届いた……わけでもなかったらしい。

『え、オンエア始まった？』

そんな声が一瞬流れ、画面がぐりぐりと揺れた。

広角レンズは海しか映していない。海は下から上へと流れてゆき、弧をおびた水平線で終わっていた。

カメラがティルトする。

画面の下から、白い、ぴったりした宇宙服に身を包んだ娘が現れた。

ジェットガンを右手に持ち、命綱一本で宙に浮かんでいる。

足元には船体の一部が映っている。片方のハッチが開いており、座席の一部が見える。

『地球の皆さんこんにちは。こちら宇宙船ランブタン、船長の森田ゆかりです』

ヘルメットの奥に、ぱっちりした目の、ちょっと生意気そうな顔が見える。

『それから、副操縦士を紹介します』

『ほーい、マツリだよ！』

もう一方のハッチが開き、森田マツリが飛び出してきた。

小麦色の顔に幸せいっぱいの笑みをうかべて手を振りまわす。そのとき、腰もふりふりするのがマツリのくせだった。

ゆかりはジェットガンを一吹きして、姿勢を整えた。

『カメラは船首のアームにつけてあります。下っていうか、足のほうにあるのが宇宙船ランブタンです。一部しか映ってないと思いますが、円錐形をしていて、大きさは乗用車くらいです。定員は二名、もう満員です。でもって……』

ゆかりは体をひねって、背後の地球を確かめた。

『私たちはいま、アフリカ西北部、カナリア諸島上空三百キロを飛行しています。むこうからジブラルタル海峡がやってきます。もう少し行くと、ピレネー山脈とサハラ砂漠がいっしょに見えます。それから地中海に入り——中東のもめてる国々の上を通過します』

『でも大丈夫だね。スカッドもパトリオットも届かないと木下《きのした》さんが言ってたよ』

『そうそう、いまの高度を目の高さとしますと、スカッドなんかがとびまわってるのはせいぜい膝か脛《すね》のあたりですから、てんで勝負にならないわけです』

大事なときに何を言ってるんだ、まったく……。

管制室からガラス一枚へだてたゲストルームで、那須田《なすだ》は眉間《みけん》を押さえた。

こんな時は〝宇宙から国境は見えません〟が定番だろうに。

『まぁうちのロケットをミサイル並みだなんて言う人がいますけど、高度も速度もダンチですんで、そこんとこ、よろしくぅ……なんちて』

ゆかりはアドリブを打ち切った。さすがに脱線がすぎたと思ったらしい。

『それでは船に戻って金魚君たちの様子をお送りします。ちょっち移動しますんで——』

マツリが船内に戻ったところで、カメラが内部に切り替わった。

向かって左にマツリが着席しており、右の席にゆかりが降りてきた。両方のハッチが閉まると、ゆかりの手が視野の下方に伸び、何かを操作した。

それから二人はヘルメットを脱いだ。二人とも髪はロングだが、ゆかりは左右でまとめ、マツリはポニーテールをシニョンにしている。

前髪をなでつけながら、ゆかりはアナウンスを再開した。

『えー、お待たせしました。これから金魚のフィッシュパッケージを取り出します』

〝軽トラックの運転席〟といわれる、狭いキャビンだった。あちこちに体をぶつけながら、ゆかりはごそごそと移動し、マツリの膝に横すわりする格好になった。

『えー、オービターはとても狭いんで、ごたごたやっとりますが――』

空《あ》いた緩衝席の側面を操作すると、ゆかりの体型にそって成形された背もたれが手前に倒れ、実験装置のラックが現れた。

『これが金魚の実験装置です。とってもコンパクトにできています。上の段に水槽があって、まんなかはレコーダー、下は環境維持装置と電源です。金魚はですね……』

ゆかりはフィッシュパッケージを引き出し、それまで計器盤の上にとめていたCCDカメラを引き寄せた。

『このランチボックスくらいの水槽に、二十四の金魚君がいます。すっごい過密ですよね。ほっとくとすぐに酸欠になるので、常に水を循環させてます。……映ってるかな？　はい、元気に泳いでますね。打ち上げてすぐの頃は宙返りを繰り返していて、見てて可哀相になるほどでしたが、だいぶ慣れたようです』

話しながら、腕時計を一瞥《いちべつ》する。中継終了時間が迫っていた。

『この子たちの旅ももうじき終わりです。着水予定地点はセーシェル諸島沖。そこからヘリや飛行機を使って、生きたまま相模原の宇宙科学研究所に運びます。えー、今回の中継はそんなところです。ではではー』

手を振る二人の姿がスクリーンから消え、もとのトラッキング・チャートに戻った。

隣の男の顔をうかがいながら、まずまずだな、と那須田は思った。しゃべりは冗漫だったが、日本語だからわかるまい。十六歳になったばかりの少女二人が、立派に宇宙活動している様子はアピールできたはずだ。

「いかがでしたか、ホールデン長官」

那須田はNASAの要人にたずねた。

「我がSSA——ソロモン宇宙協会の有人宇宙船は、すでに実用飛行をこなしているのですよ」

「感心したよ」

ホールデンは皮肉っぽい調子で言った。

「あの狭い宇宙船によく詰め込んだものだ。日本人の中でも選《え》りすぐりの小柄な娘を使い、それにあわせてオービターを設計し――」

「口さがない連中はそう言いますがね、ミスター・ホールデン」

「公然の秘密だよ、所長」

「小型軽量化に心を配るのはどんな宇宙船でも同じでしょう。我々の船は貨物輸送を考慮していません。極限の低コストで宇宙に人を送る――それだけに的を絞ったのです。あの複座オービターなら一回の打ち上げコストは二十億、スペースシャトルの十五分の一です」

ホールデンは、それは知ってるよ、という顔で聞いていた。那須田は続けた。

「SSAがそちらの宇宙ステーション建造計画に参加すれば、大幅なコストと時間の短縮をもたらすでしょう。浮いたぶんは好きに使えばいい」

「我々が心配しているのはコストじゃない、リスクだよ」

NASA長官は言った。

「率直に言わせてもらうが、SSAは有人飛行を始めて半年にも満たない団体だ。飛行士たちは天使のようにチャーミングだが、人類の至宝、国際宇宙ステーションをティーンエージャーに手伝わせるのは勇気がいるのだよ」

「理解できますよ、もちろん。ですからこの機会に、我々の宇宙活動をよくご覧になっていただきたい。先入観を拭い去るためにね」

「ふむ……。TV中継はまだあるのかね」

「あと一回です。そのあいだ、燃料工場にご案内します。比推力三百二十を叩き出す魔法の固体燃料をお見せしましょう」


ふあぁぁ……

ゆかりはあくびをかみ殺した。

打ち上げから二十二時間が経とうとしている。マツリと交代で仮眠を取ったが、テレビ中継の時以外は船外活動もなく、ただ軌道を周回しているだけなので退屈だった。

帰還まで、あと三時間。

……そろそろ、いいだろうか？

トイレのない船内で催《もよお》すと悲惨なので、固形物をとるのは控えてきたのだが。

「次のTV中継までまだ時間あるよね」

「ほい？」

ゆかりは緩衝席の下から私物入れを取り出した。

それはA4ファイルほどのジュラルミン・ケースだった。もちろん禁止事項はあるが、この私物入れに何を入れるかは飛行士の責任にまかされ、打ち上げ前の検査を免《まぬが》れる。

ゆかりは〝乙女のデリカシー〟を武器に、この制度を勝ち取ったのだった。

ケースを開くと、ラップに包まれた点心がずらりと並んでいた。

「じゃーん。冷めてもおいしい天津飯店の蝦餃子《ハーガウ》だよん」

マツリは慢性的に上機嫌な顔を、さらに輝かせた。

「わぉ、これはいいね！」

「へっへっへ。斑麗《はんれい》ちゃんに深夜配達してもらったんだ」

ゆかりは餃子をつまんで、口にほうり込んだ。ゼロGの影響で味覚は鈍化しているが、味気ない栄養飲料でこらえてきた後とあっては、五臓六腑《ごぞうろっぷ》にしみわたる味だった。

「このぷりぷりがたまんないのよね。……ほれ、マツリもお食べ」

「酢醤油《すじょうゆ》はある？」

「贅沢言わないの。こっそり持ち込むだけでも大変だったんだから」

「ほい、それならこれを使うといいね」

マツリは自分の私物入れを開いた。取り出したのは酢醤油のチューブ。

「……いつの間に」

「それにね、ゆかり」

マツリはうれしくてたまらない様子でケースの中身を開陳した。

「マヨネーズとケチャップとマスタードも持ってきたよ！」

「あああやめろ、餃子につけるんじゃない！」

マツリは調味料――それも一撃で料理をジャンクフードにしてしまう濃厚かつ安直なソース類を愛好していた。宇宙船の操縦を除けば、マツリが受け入れた文明はこれしかない。

「それからねえ、ゆかり」

「まだあるの？」

「とっておきのデザートがあるのだよ」

マツリはかがみ込んで、床下のライフラフトの収納容器を開いた。

「この奥にデッドスペースを発見したよ」

「そこって打ち上げ前にチェックされるじゃない」

「魔法だよ、ゆかり。魔法を使う」

「いいけどね……」

ラフトの下から現れたものを見て、ゆかりは仰天した。

それは無数の刺《とげ》で覆われた、巨大な、トロピカル・フルーツの雄――

「ド……ドリアン！」

「おととい滑走路の横の森になっているのを見つけたんだよ」

マツリは手を伸ばして、頭上のハッチからサバイバルナイフを外した。

「ち、ちょっと待て、マツリ！　ドリアンってのは――」

たしかに味は素晴らしい。これを食べるだけでも熱帯に行く価値があるとさえ言われる。だがその臭いたるや、下水道を流れてきたカスタードクリームにたとえられる代物なのだ。

「大丈夫、食べごろだよ」

ドリアンを両膝にはさんで、ナイフを突き立てる。

「わーっ、やめろやめろやめろ臭いがしみつくっ！」

ゆかりは必死でナイフを持つ手をさえぎった。

「ほい、何をする」

その拍子に、ゆかりの私物入れが宙に浮いた。マツリのひじが容器を叩くと、中身が一度に飛び出した。それは餃子と酢醤油のビッグバンだった。

「わおー、楽しいね」

「ま、まずい、集めるんだ！」

「こうやって食べると面白いよ、ゆかり」

「馬鹿やってないで、早く回収するの！　でないと――」

ホールデン長官は黙然とスクリーンに見入っていた。

超広角レンズは、船内の惨状をつぶさにとらえていた。餃子と酢醤油とドリアンはブラウン運動さながらに飛び交い、衝突し、融合と分離を繰り返していた。

背景に、間抜け顔が二つと、振り回す腕が四本。

「アポロ1号の火災事故を思い出したよ」

長官は那須田に言った。

「それで、君の娘たちは仕事をしているのだろうね？」

ACT・2

二時間後。オービターは最後の周回に入っていた。

「ソロモン基地、こちらランブタン。軌道離脱準備に入ります」

『了解。キャビン浮遊物の回収は完了したか』

木下の冷徹な声が、かすかな皮肉をおびて返ってきた。ゆかりもすまして答える。

「浮遊物は完全に回収しました。装置はすべてグリーン、帰還はゴーです」

『了解、交信終了』

「さーて、汚名返上にピンポイント着水するぞ。終わりよければすべてよし、セーシェルの珊瑚礁が待っている〜♪」

ゆかりはチェックリストを開いた。

「では例によって――ヘリウムプレッシャー、オープン」

「ほい、HePRS、OP」

「窒素サプライ、オン」

「N2SPLY、オン」

「姿勢変更、RCS‐MAN」

ゆかりは自分でモードセットすると、手動で船体姿勢を変えた。慣れてしまえばシーケンサーに数値を打ち込むより早い。船のあちこちでコントロールバルブがカチカチ鳴り、オービターは船尾を進行方向に向けた。

「ほい、軌道離脱姿勢」

「よーし。……ソロモン基地、こちらランブタン、軌道離脱噴射スタンバイ」

『ランブタン、軌道離脱噴射はゴー』

「軌道離脱噴射シーケンス、始動」

ゆかりはシーケンサー始動スイッチのカバーを跳ね上げ、指をかけた。

――と、その時。

ピーピーピーピー
「ほい？　キンギョ水槽でトラブルだね」

「なによ、この大事なときに」

ゆかりは舌打ちしてハーネスを解いた。体を浮かし、背後の操作パネルに向かう。

「ええっとなになに……」

『ソロモン基地よりランブタン、実験装置にエラーが出ているか？』

「ほい、その通り。ゆかりがいま調べてるよ」

『装置が修復されるまで帰還はホールドする。金魚を生還させることはミニマム・サクセス条件だ』

「わかってますって。エラーコードは１１５」

ゆかりが答える。

『エラーコード１１５了解。相模原で対策を検討している。二十分以内に修復できれば帰還はゴー、それ以降にずれこむようなら第二着水地点に変更する』

「えーっ、第二って南シナ海じゃない。やだよあそこ、海賊出るし」

『なら軌道上修理を間に合わせるんだ。ただし無理はするな』

「了〜解」

それからすぐに、相模原の宇宙科学研究所から通信が入った。

『宇宙研よりランブタン、テレメトリによればエラーコードは３１５となってます。よろしいか』

「ランブタンより宇宙研、パネルの表示はエラーコード１１５です」

『了解……装置各部のモニター値は異常ありません。金魚の映像はまだ送れますか』

「映像回線はもうクローズしてます。エラーについては誤報と思っていいですか」

『ええ、検討しますので、しばらくお待ちください』

「ランブタン了解」

ゆかりはいったん着席して指示を待った。

「あと九分か。セーシェルでスキンダイビングする予定なんだけどな……」

『宇宙研よりランブタン、すみませんが機上メンテナンス《IFM》要請です。まず金魚の状態を観察していただけますか』

「了解、宇宙研」

ゆかりは舌打ちをして、また席を離れた。

「マツリ、だっこよろしく」

「ほい」

帰ったら改善要求出してやる……。

実験装置で何かあるたびに席を移動するのはまったく面倒だった。

マツリの上に体を押し込んで、シートを倒し、フィッシュパッケージを覗き込む。金魚は上下左右でたらめに泳いでいたが、これはおかしくない。

しかし……口の開閉がやや早いような気がする。

「ランブタンより宇宙研、金魚はすべて生存、ただ口のぱくぱくがこれまでより早い気がします」

『早いというのはどんな感じでしょう。ぱく、ぱく、ぱく、ぐらいですか？』

「いえ、ぱくぱくぱくぱくって感じです」

『では溶存酸素モニターを読み上げてください。操作はマニュアル《MON》、上矢印二回、オペコードは１０７です』

「了解、ＭＯＮの上矢印二回……」

「ゆかり、いまの音聞こえた？」

「え、何？」

「加圧ポンプみたいな音がしたよ」

「ちょっと黙ってて。オペコード忘れちゃったじゃん！」

「すまない、ゆかり」

「宇宙研、オペコードいくつでしたっけ」

『オペコードは１０７です』

「了解、１０７……モニター数値は０２１８です」

「ゆかり、シーケンサーが動いてるよ」

「え？」

『ランブタン、溶存《ようぞん》酸素量が異常低下していますので、フィッシュパッケージのQDを点検してください』

「了解、宇宙研……マツリ、いまなんて言った？」

「シーケンサーが動いてるよ。もうじき噴射する」

「うそ、まだ始動してないってば」

「でもSEQ表示が勝手にスクロールしてるよ」

「んな馬鹿な！」

ゆかりは青くなった。

そういえば、始動スイッチのカバーを開いたままにしていた。船内で動き回っているうちに、うっかり押してしまったのか？

「やばいよ、すぐ中止して！」

マツリが計器盤に手を伸ばしたのと、噴射の衝撃が同時だった。

「だあっ！」

実験装置のパネルが、〇・一Gでゆかりの顔面に向かってきた。

「いててて、ふえーん……と泣いてる場合じゃない、マツリ、OMSカットオフ！」

「ゆかり、お尻がじゃましてる」

「うっ、これでどう」

「もすこし」

「ううっ、早く止めい!」

「ほい、届いた」

ようやく噴射は止まった。

『宇宙研よりランブタン、テレメトリが停止しましたが、どうしましたか?』

「あー、それはええとパネルがぶつかってきて、顔面でスイッチ切っちゃったかも――」

『ソロモン基地よりランブタン。短時間のOMS噴射をモニターした。状況を報告せよ』

「だからシーケンサーが知らないうちに――」

「ゆかり、高度が落ちはじめた」

『ではパネル1のスイッチ配置を読み上げていただけますか』

『それを手動で中止したわけだな?』

『送信が回復したらQDの点検を再開してください』

『中途半端に噴射するのは問題がある。不時着の準備を』

「ゆかり、どんどん落ちてゆく」

「えーい、うるさいうるさいうるさーい!! みんな静まれっ!!」

ゆかりはわめいた。

「操縦と実験いっしょにやれったって無理だってば!!」

地上と相談したいことは山ほどあったが、軌道高度はすでに百三十キロを切っていた。

大気が船底を打ち始める。窓の外がオレンジ色のプラズマに包まれると、もう無線は通じなかった。

ゆかりは金魚のことを頭から追いやり、緩衝席に体を固定した。

再突入姿勢は正常。大気制動は安全に終始するだろう。

だが、どこへ落ちるのか？　最後の通信では中国東北部から日本海、日本列島、北太平洋のどこかだと言われたが……。

「北朝鮮だったらやだな……」

刻々と高まるGのなかで、ゆかりはつぶやいた。

四Gを越えた。もう会話するのも苦しい。

六G。ゆかりの体重も六倍。シェーカーの中にいるような振動。

いつもだけど――なんでこんなに揺れるんだ。

ううっ、シートに体がめりこむ……めりこむめりこむめりこむ……ちちが……

ちちがつぶれる。

ACT・3

埼玉県所沢市・運輸省東京航空交通管制部――通称、東京コントロール。

「室長、ちょっと!」

中部北陸セクターの担当管制官が上ずった声で呼んだ。

「アンノウンです。装置の故障でしょうか――能登沖をマッハ十一で飛行しています!」

室長は円形のレーダーCRTを覗きこんだ。恐ろしい速度で移動する光点が、まっすぐ関東地方に向かってくる。

「便名、識別番号もなしか。高度はいくつだ。SSRの出力は」

「ATCトランスポンダの応答がありません。音声も応答なしです。米軍の実験機でしょうか。確かオーロラとかいう――」

「実験機がこんな空域を飛ぶもんか。自衛隊は何してる。小松は動いたか」

「それが、回線がつながらなくて」

「まさか……北朝鮮のミサイルじゃないだろうな」

「どうします、この速度じゃすぐに」

「アンノウン、こっちに――関東西セクターに入りました。東京……いや、厚木方面に向かいます」

隣の管制官が言った。

「呼び出しを続けろ。成田、羽田に向かう国内線は名古屋と仙台にまわせ。国際線は大阪だ」

「中部上空を飛行中の国籍不明機、こちら東京コントロール、応答せよ。中部上空を飛行中の国籍不明機、ただちに応答せよ」

「小松基地がF15をスクランブル発進させた模様です」

中部北陸担当が言った。

「追いつくもんか。極超音速だぞ」

「しかし、アンノウンは減速してます。現在マッハ三・二」

「速度も異常だが減速率も異常だな」

そのとき、緊急周波数から耳慣れない声が流れた。

『あー、メーデー、メーデー、こちら宇宙船ランブタン、各局応答願います』

「う、うちゅうせん？」

「いたずらじゃないのか」

「ひょっとしてあれですか、女子高生が乗ってるっていう――」

「それだ。応答しろ！」

「ランブタン、こちら東京コントロール、高度と降下率および目的地を報告せよ」

『高度は現在十八・四キロメートル、降下率は秒速二百二十メートルです』

「え……？」

管制官は頭に？マークを鈴なりにした。

「高度十八・四キロメートル……というと六万フィートくらいか……降下率が秒速のメートルだから、ええと……」

管制官はひたいに汗をうかべながら、電卓を叩いた。

単位系が違う上に値そのものが桁はずれなので、さっぱりイメージがつかめない。

「あー、ランブタン、それでは目的地はどこか？」

『目的地はアフリカ東岸だったんですが、ちょっちタイミングがずれまして』

「了解……あー、つまりアフリカの予定がちょっちずれて日本へ来た、と……」

管制官はますます混乱してきた。

「あー……それで現在はどこへ向かっているのか」

『だからわかんないんです。自由落下してますんで』

「自由落下。自由落下って……ああ、それはつまり一体、どーゆーことなんだあっ！」

管制官はヘッドホンをかなぐり捨てて頭をかきむしった。

「室長！　いったい宇宙船ってやつは、どうやって管制したらいいんですかっ！」

「貸せ」

　室長がマイクを奪う。

「ランブタン、もうじき厚木上空だ。地対空ミサイルで落とされても知らんぞ」

『各国航空施設にはソロモン基地から連絡が行ってるはずなんですが』

「こっちには入ってないぞ」

「えーっ、じゃ他はどうなってんの!?」

「わからん。現在調査中だ」

「じゃあ至急米軍と自衛隊に連絡してもらえます？」

「了解」

　室長は中部北陸の管制官に言った。

「米軍と自衛隊に通報しろ。電話でもなんでもいい」

「わかりました」

「自衛隊はともかく、米軍が見逃しますかね」

　別の管制官が言った。

「独自の追跡網で掌握してるんだろう。ミサイルだと思ったんなら向こうから連絡してくるはずだ」

『ランブタンより東京コントロール、高度九キロメートル、ただいまメインパラシュート開傘《かいさん》しました。位置は……東京の西かな？　ＧＰＳの粗いマップしかないんで』

レーダーを見る。速度は時速八ノット。

「ランブタン、現在神奈川県綾瀬市上空だ。するとつまり、後は風まかせか？」

『そうです。降下率は秒速十メートル。できれば海上に降りたいんだけど』

「ぎりぎりだな。横浜市街に落ちるかもしれん。救助要請を出すか」

『よ、横浜……』

スピーカーの声は、一瞬絶句した。それから立ち直り、

『ええ、救助要請します。ええと、日本だと管轄は警察になるのかな』

「宇宙船なんぞ扱ったことないから知らんが――神奈川県警に指示しておく」

『助かります、東京コントロール』

「無事を祈る、ランブタン」

マツリはペリスコープの展望に見入っていた。その光路は計器盤中央から床下を通って船外に開いた魚眼レンズに通じている。

「わおー、家がぎっしりだね！　すごいすごい！」

「海は見える？」

「遠くにあるよ。わお、あの高い塔はなに？」

「ランドマークタワーかな」

「ゆかりの家はヨコハマだったね。ここがそう？」

「実はそうなんだ」

地球は広いのに、なんで横浜なんだ。

かれこれ十か月、日本の土さえ踏んでないというのに。

「のんきに外見てないで、時間ないんだから着水準備手伝ってよ」

「ほい、どこまでやった？」

「燃料電池をシールドバッテリーに切り替えて、O_2とH_2をパージ」

「ほい、了解」

「電圧正常。よし次、生命維持装置カットオフ、外気ベンチレーション」

生命維持装置の空気循環が止まり、京浜工業地帯の空気が流れ込む。

マツリは鼻をひくつかせた。

「基地の燃料工場みたいだね」

「懐かしい臭いだよ」

高度三百メートル。地表まであと三十秒。

ゆかりはペリスコープを見た。

だめだ、海まで届かない。

「東京コントロール、こちらランプタン。高度千フィートを切った。市街地に不時着する模様」

『ランブタン了解。羽田の精測レーダーが位置を掌握している。県警のヘリが出動する模様だ。安心されたい』

「支援、感謝します」

秒速十メートルで地面に衝突――衝撃そのものは訓練で経験ずみだった。

しかし、そこにあるのは何か？　高圧電線、化学工場、高速道路……。

ゆかりは外を見るのをやめて、高度計を読んだ。

高度二百メートル。

「あたしらだけどさ」

ゆかりは言った。

「ほい？」

高度百メートル。

「二度に一度は死にそうな目にあってない？」

高度五十メートル。

「大丈夫だよ、ゆかり」

マツリは言った。

高度三十メートル。

「今日は死ぬにはいい日だよ」

「そんなもんか？」

二人は衝撃に備えた。

ざーん！　……ずんっ。

意外にも、水上に落ちた感触だった。沈下が止まる前に、水底にぶつかったようでもある。オービターの窓は頭上のハッチにしかない。その視野には空しか見えなかった。

ゆかりは深呼吸をひとつした。

「……無事？」

「大丈夫だよ」

「水に落ちたみたいだね」

「そだね」

「一応、いつもの手順でやっとこう。フロート展張、ダイマーカー放出」

船首から海面染色剤が放出される。さらにVHFおよびHFビーコンのアンテナ展開。

と、その時。

チンコロン、チンコロン、チンコロン——

「システムアラート！　どこ!?」

計器を一瞥する。

一次電源に漏電。浸水警報。

「まずい、今のショックで水が入ったんだ！」

「ほい、どうする？」

足元を見ると、すでに水がひたひたと這い上がってきている。

「緊急脱出。サバイバルキット装着、ライフラフト展張準備、急いで！」

「ほいほい」

二人はハーネスを解き、座席下のロッカーからサバイバルキットを出して、ガンベルトのように腰に巻いた。マツリがライフラフトを取り出す。

ゆかりは壁面のカバーを開き、封印を破って赤いボタンに指をかけた。

「いくよ。ハッチ爆破！」

パーン、と乾いた音がして、ハッチが吹き飛んだ。

二人はオービターの船殻《せんこく》によじのぼった。

ヘルメットを脱ぐ。

五月の陽射し。微風。

「……なんだ、ここは？」

ダイマーカーで蛍光グリーンに染まった水面。

水面は数メートルで終わり、レンガ色のタイルに縁取られている。

岸に立て札がひとつ――〝トンボを呼び戻そう〟

芝生と、レンガをしきつめた歩道。温室。花壇。古びた百葉箱。

その向こうはコンクリートの建物。三階建て。

建物は両側にあり、相互に渡り廊下で結ばれていた。

オービターは四方を建物で囲まれた、中庭に落ちていたのだ。

「もう安心だよ、ゆかり。大勢見てる」

「…………」

窓という窓に、人影が群がっていた。皆、同じ服を着ている。娘ばかりだ。

「知ってる」

ゆかりは言った。

「あたし……ここ……知ってる」

「ほい、なんていう？」

「ネリ女だ」

ネリス女学院――よりにもよって、ゆかりの母校に降りてしまったのだった。

ACT・4

その時、ネリス女学院は二限目の授業途中だった。

中庭でなにかが爆発し、紅白のパラシュートが風下に崩れ落ちた。

池にブランデー・ボトルのような物体が浮かび、湯気をたてていた。

まもなく物体中央の窓のある部分が吹き飛んで、フルフェイスのヘルメットをかぶった、小柄な人影が二人、現れた。

一人がヘルメットを脱いだ。黒い髪があらわになった。

誰かが叫んだ。

「ゆかりだ！　ゆかりが帰ってきた！」

それが起爆剤になった。女生徒たちの歓声に教師の声はかき消され、全校が沸騰した。

中庭はたちまち生徒であふれかえった。千を越える瞳が、ゆかりとマツリに注がれた。

「ゆかりー、ゆかりー、あたしだよぉ」

「マツリちゃーん」

「サインしてくださーい」

「ゆかりー、おぼえてるー？　恵子だよー」

『中庭の生徒はただちに教室に戻りなさい』

「ゆかりさーん、握手してくださーい」

「宇宙服かっこいー」

「森田さん、すぐに宇宙船を片づけなさい！」

「先公はすっこんでろー」

「ああっ、こっち向いたぁ！」

『中庭の生徒はただちに教室に戻りなさい』

「あたしたち、ゆかりの味方だよー」

「マツリちゃーん、こっち向いてー」

「なにか言ってぇー」

「校長ぶん殴っちゃえー」

「オトシマエつけちゃえー」

『中庭の生徒はただちに教室に戻りなさい。さもなくば謹慎処分にするっ！』

　生徒たちは戻らなかった。

　ゆかりは口を「い」の発音形にしたまま、凝固していた。

　マツリが言った。

「……ほい、ここはゆかりだらけだね」

「そう見える？」

「見えるよ」

ゆかりはまじまじと、群集を見渡した。

「そーよ。あたしはあの群れの中にいたんだわさ……」

ネリ女といえばしつけの厳しいお嬢様学校として有名だが、どさくさになればこんなものだ。

教師の一人が手前に出てきた。

覚えているぞ、山科幸子《やましなさちこ》。古文のオールドミス。

「森田さん、どういうつもりですかっ！　授業中ですよ！」

これも平常心というやつだろうか。

平常心──そうだ、忘れていた。

金魚だ。金魚をなんとかしなければ。

電源も止まってるから、このままではすぐ死んでしまう。

「みんな、ちょっと聞いて！」

ゆかりは教師を無視して怒鳴った。生徒はいっせいに口をつぐんだ。

「宇宙実験に使った金魚が死にそうなんだ。誰かなんとかできないかな」

「金魚ぉ……？」

女生徒たちは顔を見合わせた。

それから、誰ともなく、

「ここは茜《あかね》じゃない？」

「そうだ、茜ならやるよ」

「二Aの三浦《みうら》茜？」

「そそ、満点娘の三浦茜」

「いま連れてくる！」

そんな声がした。

三浦茜……そういえば、そんなのがいたな。

一学期の期末テストで、学年トップだった子じゃないか？

しばらくして、人垣の一角が渦巻いた。

クラスメイトに背中を押されるようにして、ほっそりした、小柄な娘が現れた。

ショートカットの、さらさらした髪がひたいにかかっている。

眼鏡はかけていない。優等生というよりは、文学少女って感じだな、とゆかりは思った。

茜は池のほとりまで押し出された。

表情は当惑しているが、見開いた瞳はきびきびと状況をスキャンしている。

その視線がオービターの上のゆかりに止まった。

「それで、金魚って……」

静かな、やわらかい声。

ゆかりはフィッシュパッケージを掲げてみせた。

「これなんだけど」

「………………」

茜は池に身を乗り出すようにして、水槽を見つめた。

ゆかりは池に飛び降りた。生徒たちがどよめく。腰までの深さを渡って岸に上がり、茜に水槽を手渡す。

「軌道にいたときから、警報が出てて」

強化ガラスごしに、中の金魚が見える。

茜は顔色を変えた。

「大変、急いで曝気《ばっき》しないと。生物教室に運びます。来てください」

茜はそう言って、ゆかりを先導した。野次馬がさっと左右に道をあけた。ゆかりは池のほうにふり返って言った。

「マツリ、船をよろしく！　近寄らせちゃだめだよ」

「ほーい」

生徒がついていこうとするのを、教師が押しとどめる。

「みなさんは教室に戻りなさいっ！」

生物教室は授業に使われていなかった。茜は隣の準備室に入った。棚から空《から》の水槽を出して水を満たし、何か薬品を入れる。

「これに移せばいいですか」

「あっ、たしか水を変えると実験条件が壊れるとかって聞いたような」

「そうか……」

茜は眉をひそめた。

「この、コネクターみたいなところから水を循環させるんですよね？」

「そう。でもトラブルが起きたとき、QDがつまってるんじゃないかって話だったけど」

「QD？」

「クイック・ディスコネクター。抜いても水が漏れない仕組みになってるの」

茜はQDを観察した。

「少し空気が入るけど、それじゃだめですか？」

「平気だと思う」

「なんとかできるかも」

「ほんと？」

茜は棚から工具箱と段ボールに入った機材を持ってきた。

「ＱＤはやめて、こちらの覆いを外して水を外に引き出します。ウォーターポンプにつないで、このチャンバーで曝気して循環させます。間にフィルターをいれて。これでどうですか？」

「……よくわかんないけど、いいんじゃないかな。やってみて」

「はい」

茜はてきぱきと働いた。シリコンチューブを切って装置の間を配管し、酸素ボンベをレギュレーターにつなぐ。配管の合わない部分はテープを巻いて応急処置する。ポンプのスイッチを入れると、するすると水が循環しはじめた。

「ほお……」

ゆかりは感心した。

「待ってください、まだ安心できません」

茜は水槽から水をスポイトでとり、試験紙にたらした。

「やっぱり。アンモニア濃度が危険なとこまで来ています」

「……って、どうすりゃいいの？」

「薬で中和できますけど、実験条件が壊れるかも」

「うーん、どうなのかな」

「たぶん、本来の実験装置でも同じことをやってるはずです。生存条件のうちですから」

「そうか。じゃあ、やっちゃって」

「はい」

茜は水槽のサイズから水の量を計算すると、適量の中和剤を量《はか》って投入した。

「そうだ、水温もあわせなきゃ。設定はどうでしたか」

「ええと……」

ゆかりは頭を掻いた。

「この品種だと、ふつう二十三度ですけど、繁殖させるならもっと高温かも」

「繁殖は関係ないと思う。そう……確か二十三度だった」

「わかりました」

茜はポンプをいったん止め、チャンバーの中にヒーターとサーモスタットを入れた。

「これでいいかな……いまの季節なら大きな温度変化はないと思います」

「ほかに問題ある？」

「もうないと思います」

「助かったー」

ゆかりは安堵のため息をもらした。

金魚はもう、常態に戻りつつあった。

ゆかりは少し改まって言った。

「えと、私、森田ゆかり。ありがとう」

「あっ、三浦茜です」

ゆかりが握手を求めると、茜は頬をそめた。

「名前、覚えてるよ。一学期の期末テストでトップだったでしょ」

「あ……あの、私も覚えてます。一年のときB組にいましたよね」

「そんなに目立ってたかな」

「小柄なのに、陸上部で活躍してたから。それに——つまりその」

「アルバイトして退学になった、と」

「いえ……でも私、そのことは——」

その時、準備室の扉が開き、教師が現れた。

「森田ゆかり、あのロケットの責任者は君か！」

「ロケットじゃなくてオービターです。船長は私ですけど」

「至急校長室に来なさい！」

「……行くけど」

ゆかりは口を尖らせて答えた。それから茜に言う。

「金魚、よろしくね」

「はい」

茜は眉を曇らせて、ゆかりを見送った。

ACT・5

校長室には厚い絨毯《じゅうたん》がしかれていた。

飾り棚にトロフィーと盾の列。

壁には「七転八起」の書。

正面にはマホガニー風の重厚な両袖机。

ゆかりには、初めての校長室だった。

「森田ゆかり、入りまーす」

ゆかりは泥のついた宇宙靴のまま、中に踏み込んだ。

机の向こうに、銀縁眼鏡・バーコード頭の男が構えていた。

ひたいにはすでに青筋が浮き、顔面の筋肉はまわりの空気まで震わせているようだった。

校長は口を開いた。

「宇宙船でお礼参りかね」

「は？」

「伝統と格式ある本校でも、処分を受けた生徒が車やバイクで乗りつけることはたまにある。だが宇宙船で来た者は初めてだ！」

「はあ」

「しかもそんな、女学生にあるまじき破廉恥《はれんち》な格好で！」

「はあ……」

スキンタイト宇宙服のことを言っているらしい。だがこれとて、好きで着ているわけではない。ゆかりがぼんやりと応じていると、校長はますます興奮してきたようだった。

「私を恨んでるんだな？」

「はあ？」

「君は退学処分を受けた。私は教育者として当然のことをしたまでだ。君は校則で禁止されているアルバイトを公然とやった。退学にしなければ、他の生徒にしめしがつかん。この件は県の教育委員会でも説明し、理解を得ている」

「………」

そりゃまあ確かに、初飛行まではアルバイト扱いだった。

ソロモン基地の所長に、父の捜索を手伝うからアルバイトで一度だけ宇宙飛行してくれと頼まれて引き受けたのだった。きちんと休学の許可をとり、三学期から復学する予定だった。それが突然、退学になった。

しかし、気に入らないのはその理由だ。学業をおろそかにしたわけじゃないし、不道徳でもない。

ゆかりはだんだん腹が立ってきた。

「言い訳したくて呼び出したんですか」

「なっ、何が言い訳だ！　君こそ自らの非を棚に上げて私怨を晴らしに来たんじゃないか！」

「ここに着水したのは、単なる偶然です」

「広い地球のなかで、こともあろうに母校の中庭に降りて、偶然だと言い張るのか君は」

「私も驚いてますけど——宇宙船ってのはそうそう思い通りに降りられるもんじゃないんです。とくに今回は帰還中のトラブルで」

「アメリカのスペースシャトルは毎回滑走路に降りてるじゃないか」

「あれは飛行制御するからです。うちのはパラシュートが開いたらあとは風まかせに漂流するだけで——」

「知らないと思ってでまかせを言うんじゃない！」

「そっちが無知なだけです！」

ゆかりは断じた。

「だいたい、ちょっと校則に違反したぐらいで退学にするなんて最低じゃない」

「規則とはそういうものだ。生徒が社会に出る前に、規則を守ることを教えるのが教育者としての使命であり——」

「あたしはここに戻りたかったんだ！」

ゆかりは語気を強めた。

「初飛行が終わったら、ここに戻るつもりだったんだ。ここの管理教育を乗り切る自信があったし、きちんと受験勉強して一流大学入って、一流企業に就職してゴージャスなＯＬ生活送るつもりだったんだ！」

一気にまくしたてると、校長の顔におびえが走った。

「やっ……やはり私を恨んでいたんだな！」

「恨むわよ、あんなしょーもない理由で人生設計ぶち壊されたら誰だって恨むわよ！」

「そっ、それで知名度を利用して、マスコミを動かして私を失脚させるつもりなんだな！」

「んなことするわけないでしょうが！」

「やろうと思えばできるんだ！　きっ、君はそれを示すためにここに着陸したんだ！」

「だからそれは偶然だってゆってるでしょうがっ！」

不毛な議論を続けていると、腹にこたえるような爆音が響いてきた。

　窓ガラスがびりびりと震え、部屋全体も揺れているようだった。

　外を見ると、目と鼻の先に海上自衛隊のヘリコプターがホバリングしていた。

「海自が来たか……でかいの奮発したなー」

　シコルスキーMH－53E。四千四百馬力のガスタービンエンジン三基で直径二十四メートルのローターをまわす、西側最大級のヘリコプターだった。

　神奈川県警にも海上保安庁にも東京消防庁にも、これほどの大型ヘリはない。オービターの浸水を想定して、出力に余裕のある機種が手配されたのだろうか。

　向かいの校舎の窓は、再び生徒で鈴なりになった。

　校長が金切り声をあげた。

「じっ、自衛隊まで連れてきたのか君は！」

「あたしが呼んだんじゃありませんてば」

「とにかくあれをなんとかしろ！　マスコミが来る前にどかすんだ！」

「言われなくたってやるわよ！」

　ゆかりは腰からトランシーバーを引き抜くと、トークボタンを押した。

「こちらSSA宇宙船ランブタン、ネリス女学院上空の海自ヘリ、応答願います」

『ランブタン、こちら海上自衛隊所属〈おおとり〉です。ソロモン宇宙協会の依頼で救難出動しました』

「あ、どうもご苦労様です」

『いえいえどういたしまして。回収作業に入りたく思いますが、隊員を二名ほど降ろしましょうか』

「いえ、こっちでやります。まずスリングで一人上げてもらって、タマカケの後にもう一人上げてください」

『了解しました』

「準備に十分ほどかかりますが、そのまま待てますか？」

『ハイ、大丈夫です』

「それと、船はどこに運びますか？」

『相模原の宇宙科学研究所、との指示が出ています』

「実験担当者に直行ってわけですね。了解です」

脳卒中を起こしかけている校長を残して、ゆかりは校長室を出た。

生物準備室に戻ってみると、茜はフィッシュパッケージの前に顔をよせ、指でガラスをつついていた。

ゆかりを見ると、茜はにっこり笑って言った。

「ほら、みんなとっても元気になって——」

「茜、その装置だけど、これからヘリで宇宙研まで空輸するの。バッテリーか何かで動かして、持ち運べるようにできない？」

「えっ……ええと、できると思うけど……」

「お願い、すぐやって」

「は、はい！」

茜は棚をあさって乾電池と電池ボックスを取り出し、直流電源に置き換えた。

「入れ物ですけど、段ボールでいいかしら？」

「いいよ、なんでも」

段ボールの内側に、水槽や装置類をガムテープで固定する。

「こんなので、いいかしら？」

「うーん、なんか不安だな」

「そうですね……」

輸送中に壊れたりしたら、自分で直せるだろうか？

飛行は短時間のはずだが、ちょっとした手違いで遅れたらアウトだ。

ゆかりは茜を見た。

「茜さ、いっしょに来てくれない？」

「ええっ!?」

茜は目を見開いた。

「ヘリに同乗して、金魚のお守《も》りしてほしいんだ。万一に備えて」

「そっ、それは……」

「ね、お願い」

「それは――金魚は見守ってあげたいけど……」

茜は顔を伏せた。

「でも私……授業が……」

「いいんだよ、こんな学校のことはっ!!」

吠えてから、ゆかりは自分の言葉に驚いた。

これじゃほんとに不良少女だな。

ゆかりは言葉をやわらげた。

「まーその、授業も大事かもしれないけど、この金魚だってさ――担当研究者の人、ここまでこぎつけるのに十五年かかってんのよ」

「十五年も!?」

「そう。宇宙実験って、やるまでが大変らしいんだ。だから最後の最後で死なせちゃ寝起きが悪いって思うんだけど」

「そうか……」

茜は関節が白くなるまで拳を握りしめていた。

それから、パッと顔をあげた。

「私、行きます！」

「そうこなくっちゃ！」


中庭には烈風が吹き荒れていた。

マツリはパラシュートを丸めて船首に押し込んでいるところだった。

ゆかりは池のほとりまで進んでヘリコプターを見上げ、トランシーバーに怒鳴った。

「収容人員が一人増えました。最初に、私の後ろにいる子を上げてください。一般ピープルですんで、お手やわらかに」

『了解。では救難スリングを降ろします』

ヘリは校舎すれすれまで降下した。側面のドアが開き、幅広のベルトのようなものが降りてくる。末端を池に接触させて静電気を逃がすと、ヘリはわずかに前進した。吹き散らされた砂が頬を打つ。

ゆかりはスリングをつかみ、茜を手招きした。

茜は段ボールを脇にかかえ、空いた手でスカートを押さえながらそばに来た。

ゆかりはスリングを茜の脇の下にまわし、Vリングを根元のフックにかけた。それから段ボールを両手で持たせる。

「ぶらさがってるだけでいい。あとはヘリの人がやってくれるから。いい？」

茜はおびえた顔で、こくこくとうなずく。

ゆかりはヘリの隊員に向かってサムアップサインを送った。

茜の体はするすると吊り上げられてゆき、自衛隊員の手で機内に引き込まれた。

続いてオービターの上からマツリが収容される。

ゆかりは白波のたつ池を渡って、オービターによじ登った。

「こんどはオービターをお願いします。水入ってますから、四〜五トンありますよー」

『楽勝です。ではケーブル降ろします』

「どうぞー」

ヘリはローター直下から重量物吊り下げ用のケーブルを降ろした。

「あと一メートル……オーライ！　フォワード、デッドスロー！」

ヘリはケーブルの慣性を打ち消しながら、たくみに移動する。ゆかりは風圧に耐えながら、トランシーバーに向かって怒鳴った。

「ステディ、ステディ、ステディ……オーライ！」

両手で重いフックを受け止め、パラシュートハーネスのカラビナを通す。

「タマカケ終わりましたー。次はあたしをお願いしまーす」

池に入って、降りてきたスリングをつかむ。背中にまわしてフックをかけ、合図する。ゆかりの体はあっという間に持ち上がり、二名の隊員に引かれてヘリに乗り込んだ。

マツリと茜は、すでに壁際の席に着席している。茜は段ボールを抱えて硬直していた。まるでぬいぐるみにしがみついた子供だった。

「茜、大丈夫？　もう平気だからね」

「え、ええ」

パイロットがゆかりをふり返って怒鳴った。

「上げていいかね!?」

「どうぞ！　水が落ちますんで、ゆっくりお願いします！」

「了～解！」

パイロットの赤銅色《しゃくどういろ》の左手に、わずかな力がこもった。

タービンエンジンの爆音がひときわ高くなる。

ゆかりは胴体から顔を出して、下の様子を見守った。

七枚のメインローターがあたりの空気を打ちのめすと、中庭はかつてない砂嵐に見舞われた。園芸部の温室がつぶれ、花壇のチューリップがひれ伏し、腐りかけた百葉箱が倒壊する。

ワイヤーがぴんと張り詰め、白波を立てる池の中でオービターがぐらりと動いた。

「宇宙船、すこし傾斜してますが、いいんですか！」

ウインチ担当の隊員が言う。

「平気です。ああいう仕様ですから！」

隊員はインカムでパイロットに何か指示した。

ヘリは上昇を開始した。

オービターから漏れる水が白い霧になって飛散する。

校舎の窓も屋上も、手を振る生徒でいっぱいだった。

ゆかりも軽く手を振って応じた。

さらばだ、ネリス女学院。もう来ることはないだろう。

隊員がドアをしめた。

機内はようやく、普通に話ができるほどの静けさを取り戻した。

水平飛行に入ると、ゆかりは操縦席の後ろに行ってパイロットに挨拶した。

「お見事でした。あれの船長やってる森田ゆかりです」

「第111航空隊、木村3佐です！」

中年のパイロットは日焼けした顔をこちらに向けて、意気揚々と名乗った。

「いや驚きました。テレビでは何度かお目にかかってたんですが、まさかここに降りてくるとは――」

「あたしも驚いてるんです。でも自衛隊から来てくれるとは思いませんでした」

「海上保安庁からこっちに回ってきまして。宇宙船の回収なんて初めてだから、とにかく馬力のあるヘリで行けってことで——そうだ、桑原！」

「はっ」

後ろの隊員が応じた。

「ここへ来て写真を撮ってくれ」

「承知しました！」

「私がこう、後ろを向くから、こちらといっしょにだ」

「はっ」

「それじゃ、お二人もいっしょに」

別の隊員がマツリと茜を呼ぶ。

「ほーい、写真だ写真だ。茜、行こう」

「えっ、わた、私も!?」

「そうそう。思い出、思い出」

マツリはにこにこ笑いながら、茜のハーネスを解いた。

茜は段ボールをそっと床に置いて、前に来た。

「木村3佐、自分も写りたく思います」

隊員たちもどやどやと集まってくる。

「あのう、ひとつゆかりさんとツーショットでお願いします」

「自分はマツリちゃんと」

「お、おれ、ネリスの制服の方と……」

入れ替わり立ち替わり写真を撮られているうちに、ヘリは相模原上空に来た。遅れ馳《ば》せにやってきた神奈川県警のヘリも隣を飛んでいる。

「えーと、宇宙研のほうには連絡入ってるのかな」

「そのはずです」

「……ええと、あのまっすぐなのが横浜線だから……あれかな？」

「あれですね」

四角い建物が数個並んだ敷地が見える。中央に芝生があり、そばに細長いロケットが屋外展示されていた。

芝生の上でホバリングに入ると、宇宙研の職員が走り出てきて合図した。

機体がじわじわと降下しはじめる。

芝生に落ちた影と本体が徐々に接近し、やがてひとつになった。

オービターがごろりと横たわると、パイロットは慎重に機体を移動させ、ケーブルを切り離した。それから、少し離れた運動場にヘリを着陸させた。ドアが開き、隊員が飛び降りて周囲を確保する。

「さあ、行こう」

ゆかりは茜をうながした。

頭上でアイドリングするローターにおびえながら、茜は二人の宇宙飛行士に腕を引かれてヘリを離れた。隊員の一人はオービターからフックを外しにかかっている。

本館のほうから、五十すぎの男がネクタイをはためかせながら駆け寄ってきた。

ああ、宮本《みやもと》さんだ、とゆかりは思った。

金魚の実験――正しくは前庭《ぜんてい》順応機構実験の担当研究者、宮本教授。

先月シミュレーション訓練でソロモン基地に来たときも、終始せかせかと走り回っていた。短足で小太りでげじげじ眉毛の、なんか憎めないおじさん。

宮本はハンカチで汗をふきふき三人を迎えた。

「どうも！　いやあ、どうも！　まったくもう――」

ヘリが離陸を始めて、教授の声はかき消された。

ゆかりはふり返って、ヘリに一礼した。

ヘリはすぐに小さくなり、静けさがよみがえった。

ゆかりは教授に向き直った。

「突然ですが、ついさっき横浜に帰還しまして」

「聞いた聞いた。いや、まさかいきなりこっちに来るとは——それで、あれ、生きてる？」

「これです」

ゆかりは茜の段ボールを示した。

茜が差し出すと、宮本教授は頭を箱の中に突っ込んだ。近眼なのだ。

「おお！　生きてる！　元気だ！　生きてる生きてる！」

それからガバッと頭を出し、

「どうも！　いやあ、どうも！　ほんとにもう、ありがとう！」

三人の手を次々に握り、ぶんぶん振り回す。嬉し涙がちょちょ切れるというのは、こんな状態だろうか。ゆかりも笑顔になって言った。

「この子がありあわせの材料で作ってくれたんですよ」

「そうかっ！　いやあ、ありがとう！　ほんとにありがとう！」

宮本は左手で箱を抱きかかえると、あらためて茜の手を握り、ぶんぶん振り回した。

「あ、いえ……なんか、みっともない工作で」

「そんなことない、そんなことないよ！　さあ、研究室に運ぼう！」

いやあよかった、生きてた生きてた、と言いながら、教授はずんずん歩きはじめた。

「………」

茜はすっかり圧倒されて、その後ろ姿を見送った。

「よかったじゃん。喜んでるよ」

「ええ……」

「あの歩きっぷり。いまにもスキップしそうだよ」

「……ほんとですね」

茜はそこで初めて、くすりと笑った。

はるか前方で、教授がふり返って呼んだ。

「おーい、来て来て。話、聞かせてくれー」

ACT・6

管制室のスクリーンはすべて消灯し、隅のカウントダウン・クロックだけが動いていた。

ETA：1day 2hour 17min 5sec ——打ち上げを起点とした経過時間だった。

中央最後尾の管制卓で、主席管制官の木下和也《かずや》が電話応対していた。

「……そうか……金魚は無事なんだな？……よし。よくやった……そっちはOECFの事業四課が手配するはずだ。今日はどうする？……そうか。あまり豪遊するなよ……わかった、ゆっくり休め」

基地いちばんの切れ者は、静かに受話器を置いた。

「みんな聞いてくれ。一行は宇宙研に着いた。本ミッションの管制業務はこれで終了する。今回も大騒ぎだったが、ご苦労だった」

管制卓についていた担当者はいっせいに伸びをし、ばたばたと書類を片づけはじめた。

木下はログブックに何か書き込むと、ゲストルームに入り、那須田に報告した。

「オービターと乗員は宇宙研に着きました。船体は小破、金魚は無事です。二人は宮本教授に報告の後、ゆかりの実家に泊まる予定だと言ってます」

「そうか。よし——ミッションは成功ということだな」

「最小の、ですが」

「成功は成功さ。結果オーライだ」

那須田はホールデン長官に向き直り、英語で言った。

「我々のミッションは完全な成功をおさめました。複座オービターの二度めのテスト飛行、船外活動中のテレビ中継、金魚による前庭機能実験——すべて所期の目的を達成しています」

「完全な？」

長官は眉を上げてみせた。

「実験装置の故障、異常な軌道離脱とロスト・ポジション、それに不時着。ここではそうした出来事はトラブルに数えないのかね？」

「予定外のイベントがいくつかあったことは認めましょう」

那須田は落ち着き払って言った。

「しかし乗員と金魚は無事に生還しました。軌道上および地上での柔軟な対応が、ミッションを成功に導いたのです」

「私には、幸運が必要だったように見えたがね」

長官は言った。

「このたびの招待では、いろいろ面白いものを見せてもらった。SSAの活動はまことに興味深い。なんといっても合衆国、ロシアに続く第三の有人宇宙飛行機関が小規模ながらも成立しているわけだからね」

「おっしゃる通りです」

「だが、はっきり言おう。国際宇宙ステーションの建造に参加するのは時期尚早、というのが私の結論だ」

「しかし長官――」

那須田が抗弁しかけるのを、ホールデンは制した。そしてアメリカ人らしい率直さで言った。

「出る杭を打とう、などとは思ってないよ。我々のシャトル船団は常にオーバーワークだ。正直言って猫の手も借りたい。君がスキンタイト宇宙服やハイブリッドエンジンの技術を独占していることも理解できる」

ホールデンは席を立った。

「果実はまだ青い。いましばらく成熟を待つとしよう——そういうことだよ」

ACT・7

宮本の研究室は混沌をきわめていた。

壁にそってデスクやパソコンや書棚、整理棚がぎっしり並び、中央には車一台ぶんくらいの作業台がある。作業台をとりまく通路部分を除けば、あらゆる平面に何かが山積していた。

宮本教授は作業台をかきわけて段ボールを置いた。

ふむふむなるほどと言いながらフィッシュパッケージを外す。

隣には、配管むきだしの込み入った装置がある。実験装置のプロトタイプらしい。

「やっぱりQDが詰まってるねえ……これは糞《ふん》かな？　うん、糞だな」

言いながら上部の蓋を開いて、画筆とスポイトを使って掃除する。それが終わると、パッケージを装置に差し込み、電源を入れた。水が循環しはじめる。

「よーし、もう大丈夫だ。宇宙じゃこうはいかないよね」

「そこらじゅう水玉だらけになりますね」

「だろうねえ。いやあ、帰る直前のトラブルで、大変申し訳ないことをした」

「直前というより、途中だったんですよね。実験と操縦、分業できればよかったんだけど」

「あのせまいオービターじゃやむをえんか」

「オービターを三人乗りにする計画はあるんですけどね……」

「そうか」

教授は自分のデスクのまわりに椅子を集め、三人を座らせた。

「それにしても――」

宮本は段ボールをしげしげと眺め、茜に言った。

「これはうまくやったなあ。応急修理の天才だね、ええ？」

「いえ、それほどでも……」

茜はまた、顔を赤らめた。

「うちじゃ装置を今の水準までもってくるのに十五年かかったんだ。宇宙用の飼育装置なんてなかったからねえ。もういろんなとこで聞いてまわってさ。酸素のレギュレーターなんか、医学部行って人工肺借りてきたんだ」

「へえ……」

「濾過《ろか》フィルターだってそりゃあ苦労した。上で卵生んじゃったらどうなるか、とかね。粘液を絡めるのにはふとんの綿がいいとか、アンモニアはゼオライトで除けるかとか、いちいち実験してさ」

「ええ」

「だけどその場でいきなり作れって言われたら、僕だってお手上げだよ。生物の飼育とか、やってるの？」

「生物部でアクアリウムとテラリウムやってます。ただ飼って、観察してるだけですけど」

「それで十分さ！　得るものあるだろ？　どっさり」

「はい」

茜はちょっと嬉しそうに言った。

「あの、それで――聞いていいですか」

「なんだい？」

「この金魚の実験って、どんなテーマなんでしょう？」

「前庭順応の学習効果だよ！」

教授の声がひときわ高くなった。よくぞ聞いてくれた、という顔だった。

「一度宇宙飛行を体験した金魚が、二度めの飛行でどれだけ早く順応できるか。もし学習効果があるとすれば、金魚のどこがその情報を保持しているのか——それをつきとめるんだ」

「あ、なるほど……」

「前庭機能は宇宙酔いと関係があるとされている。宇宙酔いが宇宙飛行の障害になることは知ってるだろう？」

「ええ。最初の数日間、船酔いにかかったようになるんですよね」

「そうだ。宇宙にはほかにも、いろんな障害がどっさりある。放射線にカルシウム損失に体液移動。だけど人間は遅かれ早かれ宇宙に進出しなきゃいかん。そうだろ？」

「ええ……」

「宗教だの思想だの領土だのにこだわっていちいち戦争しててどうする。さっさとちがう場所に引っ越せばいいんだ。地球がせまきゃ宇宙へ引っ越すんだ。最初はステーションでいい。次は月、それから火星だ。彗星に引っ越そうって言う学者もいる。だから、そのためのハードルを一個一個乗り越えていくんだ。今回の実験は、その手がかりになる。そうだろ!?」

「ええ、そうですね!」

「今回の実験が失敗したら、次の実験もできなくなる。なんとしても金魚を生還させたかったんだ。帰還直前にトラブったと聞いたときには、もうだめかと思ったが、君のおかげで助かった。いや、ほんとにありがとう!」

宮本は茜の肩をぱんぱん叩いた。

「こういう臨機応変な対応ができるあたり、やっぱり宇宙飛行士はちがうなあ!」

「え……?」

茜は一瞬、きょとんとした。

「いえ、私はちがうんです。つまり、ちがうっていうのは――」

「この子、不時着地点にたまたまいた一般市民なんです」

ゆかりが助け船を出す。

「あーっ、そうかあ! 僕はまた、てっきりSSAから派遣されたとばっかり」

「つまりですね、不時着したのがネリス女学院ってとこで――」

ゆかりが一部始終を説明すると、宮本は頭を掻いた。

「そうかあ。だってこんな離れ業《わざ》見せてくれるし、年格好も似てるしさ」

女子高の制服を着ている、という点には注意を払わなかったらしい。

「いかんなあ。僕かぁ最近、小柄な女の子はみんな宇宙飛行士に見えてくるんだ」

「小柄な……」

改めて、ゆかりは茜を見た。

自分と同じか、ひとまわり小柄というところか。

身長・体重は適格だ。

あの時、こんな子がいてくれたら。

自分とマツリは操縦に専念し、三人めの飛行士が実験装置の面倒を見る。これならすべて順調だ。

ゆかりは言ってみた。

「茜さ、うちで働いてみる気ない？」

「え……？」

「ＳＳＡで宇宙飛行士やるの」

きょとんとした顔が、一気に爆発した。

「そっ、そんな、冗談！」

「冗談じゃなくて」

「ほい、それは名案だね。茜がいれば何があっても安心だよ」

「うちって公募してないけど、ほんとはすっごく人がほしいんだ。今ならチャンスだと思うな。ほんとだよ？」

「でっでも私、宇宙飛行士なんてとても——体も弱いし……」

「体くらい、トレーニングでいくらでも鍛えられるよ」

「でも……」

「僕だったらとびつくけどなあ」

宮本が言った。

「志願者いないのかね？　君ら、すごい人気じゃないか」

「いるにはいるんですけどね……」

ゆかりはため息をついた。

公然と募集はしていないが、月に一人や二人は志願者がソロモン基地に現れる。

だがそこは文明の果て、ソロモン諸島の片隅の、なんの娯楽もない小島である。ゆかりやマツリにあこがれてやってきた志願者は、島に上陸したとたん意欲を喪失してしまう。

宇宙をめざす熱心な志願者もいたが、そんな者に限って体格が合わない。身長百五十五センチ以下、体重三十八キロ以下が暗黙の絶対条件だった。

絶対条件とはいえないが、女性であることも強く望まれていた。船内にはトイレがない。用をたすとき、隣に異性がいるのは問題がありすぎる。

そんなわけで、本当に望ましい人材は、ＳＳＡではなく宇宙開発事業団を選んだ。そこなら実績のあるNASAのスペースシャトルに乗れるし、建造中の国際宇宙ステーションに滞在するチャンスも与えられる。

実際にはスペースシャトルはそれほど安全ではないし、SSAは見かけほど危険でもないのだが――警官や自衛官と同様、ゆかりたちの活躍はテレビで眺めるぶんには魅力的だが、自分がやるとなると二の足を踏むところがあった。

「……健康で体格さえ合えば誰でもできると思うんだけど、まあ、帯に短しっていうか。茜ならぴったりな気がするけどな」

「ふーむ……」

宮本はあらためて茜を見た。

「茜ちゃんだっけ。フライトクルーというよりは研究者タイプなのかな？　生物の研究が好きなの？」

「あ、はい、小学校の時からなんです！」

理解を得られたのがうれしかったのか、茜は急に饒舌《じょうぜつ》になった。

「三年生の夏休みの宿題で朝顔の観察をやったんですけど、つるがどちら向きに巻くのか気になって。あれって右巻きも左巻きもあるんですよね。でもうちにある株だけじゃ確信がもてないから町内の朝顔をかたっぱしから調べていって、隣の町まで行って全部で百株のつるを調べたんです。それで平均とったら右巻きが五十三パーセントって」

宮本は大笑いした。

「有意の差はなかった、と」

「その頃は統計検定なんか知らなかったから、右巻きが多いって結論だったんです。でも先生に努力を認められて、なんかまいあがっちゃって。そうそう、中学一年のときは宇宙実験の真似事みたいなことしたんです」

「ほほう？」

「無重力は作れないけど、高い重力なら地上でも作れるって思って、古くなったレコードプレーヤーを改造して遠心装置を作ったんです。それで、装置の先にチューリップの球根をセットして、重力が倍になるように回転させたまま栽培するんです」

「おお、素晴らしい着眼点だな。アメリカでは同じ方法で鶏を育てたことがあるし、ドイツでも宇宙でクラゲの観察をしたことがあるね。しかし、ずいぶん時間かかったろう？」

「そうなんです。ベランダに置いて、夜も昼もずっと回しっぱなしにして――母にプレーヤーが火を吹きそうだからやめなさいって言われたけど、じゃあずっと見てるからって言って三日間座り込んだら許してくれて。結局、八日めにプレーヤーが壊れて、はっきりした成果は出なかったんですけど。でも理科の先生にほめられて、将来研究職につくなら理科のほかに英語と数学もしっかりやって、受験技術も身につけなさいって言われて、それでやってみたら勉強が好きになったんです」

「……勉強って、好きになるもんなの？」

横からゆかりが言った。

「あたし、勉強好きも嫌いも、そーゆー星の下に生まれてくるだけだと思ってたけど」

「ううん、ほんとに好きになったんです。考える道具っていうのかな、勉強すればするほどいろんなことがわかってきて、幾何《きか》だったら補助線一本ひくだけで展開がぱーっと開けてくるし、うまい証明がひらめくと痛快だし、英語は簡単な単語で言いまわすのが面白いし、社会科だって新聞読むのが面白くなるし、どの科目もテストで結果がはっきり出るからはりあいあるし、それから――」

茜はそこで我に返った。

「やだ……私、何言ってるのか」

真っ赤になって、顔を両手で覆う。

「いやいや、面白い話だった。君のような人がいてくれるなら、科学界は前途有望だよ。大学はもう決めてるの？」

「東大に入って、似内《にうち》教授の下で分子生物学をやろうと思ってます」

「ああ、似内さんか。あそこはいいね。これから分子生物は面白いよ」

茜は顔をぱっと輝かせた。

「生命って神秘ですけど、簡単に神秘って片づけたくないんです。それで、さかのぼって考えてくと、分子生物からやらなきゃって思ったんです」

「そうだね。私は行動学から入ったが、それも正しいアプローチだよ」

「やっぱり、そうですよね！」

「はー……」

二人が盛り上がる横で、ゆかりはため息をついた。

「やっぱし優等生はちがうなあ。もうビシッと進路決めてるんだ」

「だって、もう二年生ですもの！」

「そか……」

ゆかりは頭を掻いた。

入学年度は同じだが、高校二年というものを、ゆかりは知らない。

だが、自分があのまま進級しても、こんなにはっきり進路を決めていただろうか？

ちょっち疑問だ。

「でもさ、大検とかあるし、勉強ならいつでもできるよね」

軽い気持ちで誘ったのだが、ゆかりは少し食い下がった。

「誰かの受け売りだけど、本当にものを学べる場所は宇宙だって言うよ」

「それは……そうでしょうね、きっと……」

茜の視線はすこし、宙をさまよった。

あの目だ、とゆかりは思った。

宇宙にあこがれ、想いをめぐらせるまなざし。

この仕事についてから、ゆかりは何度もそんな目を見てきた。

ゆかりはすでに四度の宇宙飛行を経験している。ゼロGはもうおなじみだし、打ち上げや帰還の緊張も、マスコミをあしらうのも慣れた。

だが、宇宙からの眺めは――

これぱかりは、飽きることがない。

言葉や映像では伝えようがない、あの眺め。

ゆかりはインタビューのたびにその質問を受けたが、型通りの返事しかしなかった。

本当に知りたいなら、いっしょに来てくれとしか言えないのだ。

この子には、どう言おうか？　なんとなく、型通りに答えたくない気がするのだが――

「行ってみないと、わからないかな」

茜が言った。

ゆかりは虚を突かれて、相手の顔を見直した。

水のように澄んだ瞳が、まっすぐこちらを見ていた。

なにげなく言ったのか？　それとも――

「いっしょに……来る？」

思わず、ゆかりはそう言った。

茜は返事をためらった。それから、少しうつむき加減になって、

「いえ……やっぱり私、机に向かって勉強するのが向いてるみたいなんです」

「そっか……」

ゆかりは小さくため息をついた。思いすごしだったか。

「変なこと言っちゃったね」

「いえ」

思えば非常識な話だ。そこの君、宇宙飛行士やらない？——なんて。

しかし、ゆかりがあっさり引くと、茜は少しさびしげな顔になった。

「あ、もし気が変わったら、いつでも連絡してね。ソロモン諸島に電話して、交換手にSSAって言えばOKだからさ」

「はい」

「さあ、デブリーフィングだ。打ち上げ直後から教えてよ」

宮本が言った。

「そうでした。えとですね——」

宇宙飛行士は飛行が終わると、すぐに詳細な聞き込みを受ける。記憶が新鮮なうちに、宇宙での出来事を細大漏らさず報告させて、ノウハウを蓄積するのだった。これをデブリ

ーフィングという。

　ゆかりはメモを見ながら言った。

「最初はETA0130か。著《いちじる》しいルーピング、ローリングってあるな」

「みんなきりきり舞いしてたね」と、マツリ。

「うん、なんか哀れって感じで。疲れないのかな、とか思った」

「あの時は溶存酸素濃度がちょっと落ちて焦ったんだ。魚の活性が高すぎてね」

　教授はテレメトリのグラフと照合しながら言った。

「水槽内で気づいたことはある？」

「ほい、うろこが二、三枚、きらきらしてたよ」

「あれうろこだったのか。さすが野性の観察力」

「あの――」

　茜が言った。

「私、そろそろ……」

　おっと、そうだった。

「この子、授業の途中で抜けてきたわけで」

「おう、そうかそうか。勝手に引き止めて悪かった」

「いえ、ほんとはもっと話、聞いていたいんですけど――今なら午後の授業に間に合うから……」

「いつでも遊びにおいでよ。なんでも見せるからさ」

「ありがとうございます！」

教授はぱっと立ち上がり、名刺を渡した。

「タクシー呼ぼう。こっち持ちだからね」と、受話器を取る。

「いえ、歩きますから」

「近いようでも結構あるんだ。それぐらいおごらせてよ」


正門でタクシーを待つ間、ゆかりは茜に言った。

「悪いことしちゃったかな。ネリ女ってエスケープしたりするとうるさいでしょ」

「ううん、学術研究のためだもの、わかってくれると思う」

「そう……かな？」

「それに、とっても素敵な経験だったし」

「宇宙飛行士になると、毎日こんなだよ」

「あ、はは……」

茜は返事に困って苦笑した。ゆかりも苦笑する。

「しつこかったか」

「いいえ。誘ってくれて、とってもうれしかったです」

タクシーが現れた。

ゆかり、マツリ、宮本の三人は、手を振って茜を見送った。

ACT・8

デブリーフィングが終わったのは夕方だった。簡単に記者会見をすませると、二人の宇宙飛行士はタクシーで宇宙研を出た。

「……あんたたち、もしかして宇宙飛行士のゆかりちゃんとマツリちゃん？」

運転手が言った。

「そそ」「そうだよ」

「すごいねえ。それ宇宙服？　いつもそんな格好なの？」

「今回は特別なの」

ゆかりが事情を話すと、運転手はルームミラーの中でしきりに驚いていた。

「まったく、宇宙飛行士ってのは大変だねえ！」

「狭くて着替え積めないから。これから一式揃えるわけ」

「ああ、それで元町？」

「そそ。石川町のほうから入って、店の裏に横付けしてほしいんだ。このカッコじゃ目立ってしょうがないから」

「よーし、まかしてよ」

「ところで、アメックス使えるよね？」

「大丈夫だよ」

サバイバル・キットには十ドル紙幣の束とアメックス・カードが装備されている。万全とはいえないが、世界中どこに不時着しても不自由しないよう、という配慮だった。ゆかりはこれを拡大解釈して、到着地での買物に盛大に活用している。

車は横浜市街に入った。

マツリはずっと窓に張り付き、外を物珍しげに眺めていた。

「ヨコハマはにぎやかだねー」

信号待ちの間もそうしているので、ゆかりはマツリを窓から引き剝がした。

「目立つと面倒だからさ」

「ほい、みんな友達だよ」

マツリは外に向かってぱたぱた手を振った。

歩道の女子高生が数人、「うっそー！」という顔でこっちを指差している。

「やめなってば」

運転手は車を元町商店街の裏通りに入れた。

「えーと、このへんですか？」

「もう一ブロック先。あ、そこで」

二人は車を降りると、路地を通って表通りにまわり、筋向かいのブティックに入った。

中学生の頃から行きつけ、高校に入ってからは下校途中に寄っていた店だった。

「ちわーっす」

「あれっ、ゆかりちゃんじゃないの!!　いやいやいやいや、これはこれは」

上背《うわぜい》のある、ちょび髭をたくわえたマスターが相好《そうごう》を崩して出迎えた。

マスターは宇宙服の二人を上から下まで眺めた。

「いいなあ、白のボンデージかあ……うん、これなら度胸ありゃ街歩けるねえ」

「そうもいかないって。いろいろあってさ、宇宙研からタクシーで直行したの。着替え一式、見繕《みつくろ》ってくんないかな」

「よしきた。どんなのでいく？」

「ワンピに一枚はおってアレンジ――なんてダサいかな」

「んなことないって。コーディネートしだいよ」

「じゃあ、そつないとこで。あと、なんでもいいから下着あるかな？」

「まーかせて。靴どうする？　サンダルくらいならあるけど？」

「それもお願い」

マスターはたちどころに上から下まで揃えた。Aラインのミニたけワンピースに、そでの短いカーディガン。プラチナホワイトのサンダル。

「マツリちゃんだったよね。どういうトーンでいこうか？」

「ほい、マツリはあんなのがいいよ」

ショーウインドウのモデルを指差す。

「ヘソ出し。いいねえ、マツリちゃんグラマーだから似合うよ」

マツリの服を揃えている間、ゆかりは試着室に入って着替えにかかった。

まず、首の周りのアダプターリングを外さなければならない。

アダプターリングと首の間にはゴム状の皮膜があって、ヘルメット内の空気が服の内部に入るのを防いでいる。首と皮膜の間には特殊な接着剤が塗布されており、はがすときはちょっと痛い。

宇宙服は上から下まで一体成形で、喉元から股間までの気密ファスナーを開いて脱着する。ゆかりはゴム手袋を脱ぐ要領で、裏返しにしながら四肢を抜いていった。

その生地《きじ》は気密と圧力と断熱性を維持しつつ、汗を浸出させて皮膚の温度調節機構を生かすという、魔法のような機能を持っている。

いわばスキンタイト宇宙服は「宇宙環境に適応できる第二の皮膚」であり、その性格上パンティもブラジャーもつけられない。皮膚にぴったり密着したところは、ボンデージ・ルックと言われてもしかたがない。

ゆかりは着替えをすませて試着室を出た。

空気の抜けたゴム人形のような宇宙服を見ると、マスターは言った。

「ねえねえ、その服うちに払い下げてみない？　ウィンドウに飾るからさ」

「一着千七百万円だよ？」

「ひえーっ、そんなにする！」

「フライトモデルだからね。宇宙服としちゃ格安だそうだけど――でも最高機密だから、売らないよね。よそで脱ぐのも避けろって言われてるくらいだし」

「そっかあ……」

マスターはあきらめた様子だったが、かわりに言った。

「じゃあさ、『宇宙飛行士の寄る店』って宣伝していいかなあ？　そこに二人の写真飾ってさ」

「あはは。いいけど別に」

ゆかりは鷹揚《おうよう》に言った。

「色紙もサービスしちゃおうか？」

「いいねいいね、うれしいなあ！」

ほどなく、マツリが試着室から出てきた。

「ほーい、どう？」

マツリはブラの上にノースリーブのシャツをはおり、マイクロミニのパンツをヒップハンガーに穿《は》いていた。

「……ヘソ出しってか、水着に迫ってるね。ぜんぜん違和感ないけど」

「マツリちゃんならこれくらいいいかなきゃ。……もうワンポイントあっていいかな」

サングラスをひとつ選んで、マツリの頭に乗せる。

「よおし、これで完璧。さあ写真写真写真」

マスターはカメラを持ってくると、着替えた二人を店の一角に立たせて、さかんにシャッターを切った。

カードで支払いをすませると、かさばる宇宙服を店に預けて、二人は通りに出た。

「おっ……」

「ほい？」

はす向かいの美容院の看板を見たとたん、ゆかりは頭にかゆみをおぼえたのだった。

「マツリ、あそこ入ろ」

「ビューティサロン？　なにするとこ？」

「髪あらってさ、かるーくお化粧してもらうの」

「ほー、楽しそうだね！」

二人は連れ立って店に入った。

「洗髪とカット、そろえる程度でいいや。それとベースメイクも」

「かしこまりました」

これよこれ――このキビキビした応対と信頼感。これが南の島にはないんだ。

ゆかりはひさびさに、日本の商店の活気にふれた思いだった。

「ほい、あれはなに？」

カット中にもかかわらずきょろきょろと店内を見回していたマツリが言った。

「ネイルアートですね。爪に飾りつけするんです。簡単なところではシールがありますし、イミテーションの宝石を貼ったりもできます」

「わお！　それはいいねー！」

マツリの部族は祭祀《さいし》のとき、赤土などの顔料を豚の脂肪で練ってボディーペイントする習慣がある。ネイルアートは彼女の心をとらえたようだった。

「牧田君、こちらにネイルしてさしあげて」

「はい」

専門の係がやってきて、カタログを見せる。マツリは真紅のマニキュアにトパーズ色のラインストーンを選んだ。

「ほい、ゆかりもやろう。きれいだよ！」

「うーん……」

マツリにならっていると、とめどもなく満艦飾《まんかんしょく》になるのだが——

「じゃあ、マニキュアだけしてもらおうかな」

それから、ゆかりはつけ足した。

「サンダルだから足もおねがい」


文字どおり頭のてっぺんから爪先まで手入れしてもらうと、ゆかりは生き返った気がした。美容院を出ると、舗道で立ち止まり、元町の空気を深呼吸する。

イタリアン・フードと香水と排気ガスの臭い。悪くない。

「さあて、買いまくるぞ」

ゆかりはレコード店に入った。

「ZIMAの新譜はと……お、アルバムが出てるじゃないか。即ゲット。そういやさつきさん、五木ひろしが好きだって言ってたな。このへん土産《みやげ》にするか——マツリもなんか買ったら？」

「そだねえ、なにか楽しいのある？」

「あんたの好きそうなっていうと、サンバあたりかな。ほれ、そっちの棚」

「ほー、いっぱいあるね」

マツリはサンバのCDを十枚ほどわしづかみにした。

続いて入ったのは本屋。

ゆかりは【国際情勢】のコーナーで五冊選び、さらに『現代用語の基礎知識』と『知恵蔵』のCD版を買った。

「立花隆の宇宙本も読んどくか。そろそろ取材に来そうだしな。そーだ、マンガマンガ。おお『葵《あおい》と良一』の七巻が出ている。ゲットしとこ……」

マツリのほうを見ると、洋雑誌のコーナーで何冊か選んでいた。

「WORLD FISHING？　釣りでもやるの？」

「この魚が気に入ったよ」

マツリは表紙のキングサーモンを示した。

「とてもいい顔だね」

「……そんなもんか？」

ゆかりは深く追及しなかった。マツリのすることを理解しようとしても、脳が疲れるだけだ。

それから二人はイタリアン・レストランに入った。

ゆかりは紙のように薄いクリスピー・ピザをつまみ、流行遅れと知りつつもティラミスでしめくくった。どちらも懐かしい、買い食いの味だった。

マツリはスパゲッティをマヨネーズとケチャップとタバスコの海に沈めて、うまそうに頬張った。さらにトマトジュースにもタバスコを入れてぐびぐび飲んでいる。どうやらマツリは、赤や黄色の食品に誘引されるらしい。

腹がくちくなると、ゆかりは言った。

「さーて。もう七時だし、ぼちぼちサバイバル活動を終了するか」

「いつもこんなサバイバルだといいねー」

「だよねー」

山のような買物と宇宙服をタクシーに積み込み、野毛山の閑静な住宅街に向かう。

十か月ぶりにみる家は、何も変わっていなかった。

庭は芝生が敷かれているだけで、手間のかかる花壇はないしペットもいない。家は鉄筋三階建てで、建築デザイナーをしている母の資金が投入されたものだった。

現在の住人は母一人のはずだが、明かりはついていなかった。

玄関のドアには錠が下り、インターホンにも応答がない。

「出張中かな。例によって」

錠は電子式なので、ゆかりは暗証番号を入力して家に入った。

家電関係は母の趣味で集中コントロール方式になっている。【帰宅】ボタンを押すと家中の明かりがつき、エアコンが始動した。

冷蔵庫からジンジャーエールのペットボトルを出し、居間のソファに身を沈める。

「ふー。やっぱりおうちが一番、てか」

テレビのスイッチを入れる。

ニュースの時間だった。

空から撮影した、見覚えのある光景が映っていた。

『……その時ネリス女学院は二限目の授業中で、突然の宇宙船の飛来に大騒ぎになりました。奇《く》しくもここは森田ゆかりさんの出身校で……』

「やってるやってる」

中庭を背景に、校長が現れた。

『ええまあその、過去のいきさつはいきさつといたしまして、私どもではまず人命優先ということでその』

「おーおー、校長のやつ脂汗うかべて」

それからレポーターは、茜の活躍に話を向けた。

『ええまあその、我が校の生徒が協力したか、ということにつきましては、現在調査中でしてその』

ゆかりは首をかしげた。

「自慢しちゃえばいいのにな。国民の税金何億も使った実験を救ったんだから」

「ほい、この人も難しいこと考えるんだね」

マツリが言った。

「難しいこと考える人の言うことはわからないよ」

「本人もわかってないんじゃないかな……」

『中庭の被害につきましては、まず被害額を算定いたしまして、ソロモン協会のほうにしかるべき処置を――』

「ま、いい気味よね。園芸部には悪いけど――よくぞ命中ってとこかな」

「そだねー」

「まったくタリホ族の呪いには恐れ入るわ」

ゆかりはそう言った。

SSAでは、基地のそばで暮らすタリホ族の呪術の効用が、なかば本気で信じられている。呪いによって召喚された精霊が、ロケットやオービターに数奇な運命をもたらすというのだった。

確かに、ゆかりたちの飛行はいつも波乱に富んでいた。超常現象こそ起きないが、とんでもない偶然の一致がいくつも起きるのだ。

いかに科学技術の粋を操る集団とはいえ、今度のようなことが続くと、なにか神秘的な存在を信じたくもなる。

「あれって禁止になったはずだけど。村の連中、まだ儀式やってんじゃないの？」

「ちがうよ、ゆかり」

マツリは首を横に振った。それから、こともなげに言った。

「今度のはゆかりの呪いだよ」

「え？」

「心のどこかであの学校を呪っていたね。憎しみや恨む気持ちがあった。それが悪い精霊を呼んだんだよ」

「……んな、ばかな！」

だが、マツリの論拠は明快だった。

「ゆかりのほかに、誰があの学校を呪う？」

ACT・9

茜は校長室に呼び出されていた。

なぜこんなことになったのか、茜は理解できなかった。

たしかに授業をエスケープはした。でも自分はいいことをしたと思っている。ほめられてもいい、とさえ思っていた。

茜は尋問されていた。

同じ言葉が何度もめぐってきた。

「君は森田ゆかりに強要されて、無理やりヘリに乗せられた。そうだな？」

校長の隣で、生徒指導部の教師が問いただす。

「いいえ、頼まれはしましたが、私の意志で決めたんです」

何度言えばわかるのだろう？

この人たちは、何を知りたいのだろう？

「誘導されたんじゃないのか」

「森田さんが言ったのは、大切な実験だということだけです。研究者の人に会って、それは本当だってわかりました。金魚の前庭機能を調べて、宇宙環境に人間が適応するための一歩を――」

「そんなことはどうでもいい。大切な実験だと迫られて、君は断りきれなかった。そうだろう⁉」

どうでもいい？

——なぜ？

茜はもう、不信感をおさえられなくなった。

「私、金魚を救ったことですごく感謝されたんです」

茜は言った。

「先生は、そうは思わないんですか？」

第二章　イチジクとツバメ

ACT・1

　地球儀を眺めると、ニューギニアの東、赤道のすぐ南に、北西から南東へ連なる小さな島々がある。

　ソロモン諸島。日本人には太平洋戦争の激戦地、ガダルカナル島があることで知られている。十六世紀にスペイン人が発見して歴史に登場するが、オセアニアの海洋民族がそこに住みはじめたのは遅くとも紀元前千年とされている。

　ソロモン諸島を訪れる観光客はほとんどが戦地巡礼の日本人だが、最近ではその数もめっきり減った。日本との間に新たな関係が生まれたのは四年前、珊瑚礁と密林に囲まれた小島、アクシオ島にソロモン宇宙協会の基地が建設されてからである。

ＳＳＡ・ソロモン宇宙協会――それは日本のＯＥＣＦ（海外協力基金）が百パーセント出資して設立した組織だった。

その創始者は那須田勲《いさお》。一介の宇宙屋だったこの男のロビー活動が、なぜ成功したかは謎に包まれている。

「海外援助の一環として、ソロモン諸島の無数の島々にあまねく放送教育と通信網を提供しよう。そのためには人工衛星を活用するのが早道である」

「海外援助でダムや橋を建設するのはいいが、建てっぱなしで維持しないことが批判の的になっている。ところが衛星通信網の維持には莫大な費用がかかる」

那須田はそんなことを訴えた。ここまでは正論だった。

「最小のコストでこれを行なうには、有人宇宙飛行による支援体制が必要不可欠である」

我田引水もいいところだった。

少しでも宇宙開発を知る者なら、那須田の嘘は見抜けただろう。それは自転車のパンク修理をするのに、整備工場を建てるようなものだった。

だが、不勉強な役人をだますにはこれで十分だったらしい。

もちろん、那須田が欲しかったのは整備工場のほうである。低コストの有人飛行を実現して、世界の宇宙ビジネスに切り込む――これが那須田の野望だった。

海外援助は情報公開が不十分なこともあって、これという世論の反発もないままに基地の建設が始まった。四年前のことだった。

そして、独自の技術による有人宇宙飛行システムの開発が進められた。

計画は大型ブースター・ロケットの実用化で難渋した。しびれを切らした経済企画庁は「あと半年以内に有人飛行を実現しなければ、計画は白紙に戻す」という最後通達を出す。

そんな時、たまたま島を訪れた森田ゆかりに白羽の矢が立った。

小柄で体重の軽いゆかりを一人乗せるだけなら、既存の小型ロケットでもなんとかなる。

さらに、体格の似たマツリを予備の飛行士にした。

間に合わせのロケットによる初の有人飛行は、大騒動のうちに、ともかく成功した。

SSAはきわどく生き延びた。

それどころか、予想外のコストダウンが実現してしまい、那須田の嘘は嘘でなくなった。有人飛行による宇宙サービス事業が実現したのである。SSAはたちまち世界の脚光をあびた。

そのあと、実用型の複座オービター、MOB2シリーズがロールアウトした。

だが、小柄な飛行士を使う方針は変わらなかった。

飛行士の体重が一キロ減れば、ロケットの全体重量は七十キロも節約できる。身長制限を百五十五センチにすれば、オービターだけで七百キロも軽減する。

軌道に運ぶ最終重量をきびしく節約しなければ、「ダンピングだ」と言われるほどのローコストは実現できない。

かくしてSSAの未来は、小柄な少女パイロットたちが担うことになったのだった。

それにしても――

五百人の宇宙飛行士を擁するNASAに比べて、SSAはたったの二人。

これはいかにもさびしい……。


横浜不時着から五日後。

ソロモン宇宙基地本部棟三階、第一会議室に幹部が集まり、前ミッションの総括が行なわれた。

「――酢醤油《すじょうゆ》のほうは、これというダメージを与えていませんでした。キャビンの電装品はすべてシールドしてますから、少々の水気ではこたえません。さすがに船殻《せんこく》に亀裂が入ってはおしまいですが」

チーフエンジニアの向井博幸《むかいひろゆき》が報告する。

「その浸水による一次電源のダウンだが、改修すべきかな？」

SSAナンバー2の木下和也が聞いた。

「しなくていいでしょう。着水後にどこが壊れようがかまうもんか、ってことで」

「残存燃料が爆発したりしない限りね」

「それは着水前に捨てるでしょう。燃料電池のは」

「ゆかりは残したがるんだ」

木下は言った。

「燃料電池が生きていれば電力は格段に豊富になる。着水後もエアコンが使えるし、無線も節約しなくてすむからね」

「うーん……でもそれはゆかりちゃんの教育しだいじゃ……」

「それも限界があるのよ」

宇宙飛行士の生活全般を監督する、医学主任の旭川《あさひかわ》さつきが言った。

「ゆかりちゃんの場合は、むしろ教育が進みすぎて、自分で抜け道を探すとこが問題なの」

一同は苦笑した。

「流行追ったり受験したりで鍛えられてるからなあ。日本の女子高生が本気になりゃ、宇宙船のマニュアルなんかあっというまに丸暗記しちまう」と、那須田。

「マツリちゃんにしてもドリアンを一個まるごと隠すからあなどれないわ」

「あれ、どうやったんですか？　打ち上げ前にチェックしたはずですが」

向井が聞いた。打ち上げの時、彼は射点まわりの責任者をつとめる。

「一種の催眠術らしいんだけどね。最終チェックをする作業員をトランス状態にして、ドリアンを見逃すよう仕向けたんだと思う」

「できるんですか、そんなこと」

「としか思えないわ。タリホ族一万年の精神文明ね」

さつきはすでに、作業員を調べていた。こちらも催眠法を使って、打ち上げ直前に何があったのかを聞き出そうとしたのだが――結局、はっきりした答えは得られていない。

「だけど、それができるんなら銀行強盗だって思いのままじゃないですか」

「できてもやらないところがタリホ族の偉大さなのよ。今後は打ち上げ直前にマツリちゃんを出歩かせないようにするつもりだけど」

「マツリちゃんを軟禁する係が催眠術にかかったらどうします？」

「…………」

「まあ、そのへんは二人を信じるってことにしよう」

那須田が言った。

「ドリアンに実害はなかったし、ゆかりも今回は危ないと思って燃料を捨ててるんだ。シーケンサーの誤動作について話し合おうじゃないか」

「誤動作っていうと、まるであそこが故障したように聞こえますが――」

向井がこだわりをみせる。

「起動スイッチの保護カバーを開いたところで金魚のほうのトラブルシュートにかかって、

そのとき体が触れてスイッチが入ったんです。ゆかりちゃん本人がそう言ってますし、テレメトリの記録も一致します」

「つまり操縦ミスか」

「無理もないところですがね。今回はタイミングが悪すぎた」

　木下が言う。

「ゆかりが訴えたのは、一人二役は無理だってことです。正しくは二人二役ですか。操縦は二人でチェックしながらやる手順になってるから、そこへ宇宙実験が割り込んでくると大混乱になる」

「やはり三人はほしいか……」

　那須田が腕組みする。

　実際、NASAのスペースシャトルではミッション・スペシャリスト《MS》やペイロード・スペシャリスト《PS》が乗っていて役割分担している。

「三人乗りオービターの開発は順調かね？」

「まったく問題ありません。基本的にMOB2の貨物ロッカーに席をひとつ押し込むだけですから」

「問題は、MSもゆかり・マツリ並みに小柄でないと無理ってことですけどね」

「そうだな。たった五十センチの隙間に押し込むんだからなあ……」

ACT・2

「だーからさ、ディスコのひとつも作ればいいんだよ」

昼休み。海岸の椰子《やし》の木陰でココナツミルクをすすりながら、ゆかりは言った。

「ほい、ディスコってなに？」

「若い連中が集まって踊ったり飲んだりするところ」

「シンシンと同じだね」

「シンシン？」

「ｓｉｎｇ　ｓｉｎｇでシンシン。みんなで歌って踊って、男はいい女を選ぶ。女はいい男に選ばれるように、体を飾って胸や腰をふりまわすね。楽しいよお」

「……まあ、似たようなもんかな」

どうせ広場で輪になって太鼓でも叩くのだろうと思いつつ、ゆかりは相づちを打った。

「とにかく、日本の女子高生を島に呼びたいんなら、ディスコのひとつもなきゃだめなのよ。こないだ横浜で見たでしょ。ブティックやアクセサリーショップやファーストフードの店とかもさ。それがこーんな――」

ゆかりの視線は前方百八十度をパンした。

椰子の木。白砂。珊瑚礁。南太平洋。

「──まあすてき、なんて思うのは初日だけよ。ここなら当分面白おかしく遊べるって思えなきゃ、誰も残らないって」

「でもゆかりは、ここにいるね」

「あたしゃ帰るとこないもん」

「ほい？」

「退学になったから」

「ほー」

わかったようなわからないような顔をしている。

それから、たき火の横からカサゴに似た魚の丸焼きを引き抜いた。

「うまく焼けたよ」

「ん」

ゆかりは魚に一口かぶりつき、マツリにまわした。

慣れればそうひどい味じゃないんだけど──ああ、元町のピザが懐かしい。

ゆかりは左手首のオメガ・スピードマスターを見た。昼休みもそろそろ終わりだ。

「さーて、ぼちぼち帰るか」

ゆかりは水着の上にパーカーをはおると、トランシーバーのトークボタンを押した。

「もしもーし、保安部？　お迎えよろしくー」

『了解しました。ただちに向かいます』

しばらくすると、ジープを縦横二倍にしたような、ハマー軽トラックが現れた。

保安部のパトロールカーを足がわりに使うのは、宇宙飛行士の特権だった。

なにしろSSAの未来を担っているので、かなりの所業が黙認されている。適当な口実があれば、ヘリで島の反対側にある中華街に繰り出したり、ジェット連絡機ガルフストリームでオーストラリアに買物に出たりもする。日本でこんなことをしたら非難ごうごうだろうが、ここではマスコミがいない限り、ばれようがない。

ばれなきゃいいじゃん——この倫理観を、基地の人々はソロモン病と呼んでいた。

最初は唖然としたゆかりも、いつしかソロモン病に感染していた。

かかってみれば、これも悪くない。

二人を乗せたハマーは発射台の横を通り、ロケット組み立て棟《VAB》に通じる二キロの直線道路を走った。

珊瑚の破片をまぜた白っぽい舗装路は、陽炎《かげろう》に揺れていた。

道の両側には椰子の木が並び、ポップアートのような眺めだが、人影は皆無だった。

車載無線機が運転手を呼んだ。

『五号車、五号車、いまどちらですか』

「VAB横です、どうぞ」

『それでしたら正門に寄ってもらえますか。訪問者一名、座り込んでますんで』

「了～解」

保安部員はマイクを戻すと、ゆかりたちに言った。

「つーわけで、ちょっと寄り道させていただきますんで」

「いいよ。でも座り込んでるってなんだろね」

「タロ芋《いも》の行商人ですかね？」

「かな？」

紅白に塗り分けた遮断機が見えてきた。右手に守衛所と、フタバガキの木立がある。

その木陰に人影が二つ。

一人は守衛で、もう一人は——これが訪問者なのだろう——ぺたりと地面に座り込んでいた。薄手のジャンパースカートが地面にひろがり、白い肩の間にがくりと首を垂れている。顔はつば広の帽子に隠れて見えない。

車が止まると、守衛がやってきて言った。

「女の子なんですがね。さっきタクシーで着いたんですよ」

〝タクシー〟にアクセントをおいて言う。

「車酔いというか、なんというか——運転手の話じゃ、サンチャゴの港に着いた時点で、すでに船酔いで半死半生だったそうですが」

一般人がここを訪れる場合、ガダルカナル島から三日に一度のおんぼろフェリーに乗り、島にひとつの街、サンチャゴの港で下船する。そこから、これまた島に一台限りのタクシーに乗って山越えのダートロードを二十キロ揺られる。ハマーのような路外走行車ならともかく、スクラップのダットサンを再生した「車検？　何それ」のタクシーでは悪夢のような旅になる。

保安部員が降りて、娘の前にかがみ込んだ。

帽子がゆれ、訪問者が顔を上げた。

ゆかりは車をとびだした。

「茜！　なな、なんでまたっ！」

三浦茜はゆかりを認めると、笑顔といえなくもない顔になって、声を絞り出した。

「……来ちゃいました」

「来ちゃいましたって」

茜はあえぎながら言った。

「私……宇宙飛行士……やってみようって……」

「本気……？」

「学校、やめてきました……もう、帰るとこ……ないんです」

そう言って、こっくりと首を垂れた。

ACT・3

医務室に運んだら、いきなり人体実験が始まるかもしれない。

そんな予感がしたので、ゆかりはまず、茜を女子寮の自分の部屋に運んだ。

ベッドに横たえ、水を与えて休ませると、茜はどうにか人心地を取り戻したようだった。

頃合いをみて、ゆかりは声をかけた。

「生きてる？」

「……ええ」

茜はゆっくりと上体を起こした。

ゆかりとマツリはベッドの横に椅子を持ってきて座った。

タピオカ入りのココナツミルクをすすめてみるが、茜は口をつけようとしなかった。

まだ胃がひっくり返ったままらしい。

「驚いちゃったよ。いきなり来るんだもん」

「ごめんなさい、電話したら断られそうな気がして」

「あやまることないよ。うれしいよ、とっても」

「ほんとに？」

「ほんと。あたしさ、誘ったのって初めてなんだ」

「宇宙飛行士に？」

「うん。なんで誘ったのか自分でもわかんないけど、応えてくれてうれしいよ」

「よかった……」

茜の白い顔に笑みがひろがった。春の陽射しのようだった。

「でも――学校やめたって……？」

「ええ」

茜は、校長室での出来事を話した。

ゆかりは最初、「しまった、やはり叱られたか」と思ったが、話を聞くうちに自分でも腹が立ってきた。

「校則で無断外出は禁じられている、の一点張りなんです。金魚のこと、どうでもいいみたいに言われたのが悔しくて」

「そーよ、あそこはいつもそーなのよ！」

「金魚を救ったことで学術研究に貢献したはずなのに、うわべばかり見て、不良の仲間入りみたいに扱うのっておかしいですよね。教師なのに」

「そんな教師、蹴飛ばしてやればいいんだ！」

「それで私、思い切って言ってみたんです」

「おっ、タンカ切った⁉」

「外の世界に出て、何を学ぶべきか考えてみます、って」

「………」

優等生は違う。

「切れるって、ああいう状態なんでしょうね。自分でも驚いちゃった」

切れたわりには理性的な気がするが――

「でも、親とか反対しなかった？」

「ううん、猛反対だったの」

茜はぺろりと舌を出した。あっ、かわいい、とゆかりは思った。

「でも、三日間部屋にこもってハンストしたら『一年間だけ許そう。病気で一年入院したんだと思えば、考えられないこともない』って、父が」

「へえ……」

「一年後にどうするか、わからないし、一年で何が学べるかもわからないけど」

「大丈夫、時間はいくらでも延びるよ」

それまで黙ってにこにこしていたマツリが、いきなり口をはさんだ。

「ゆかりも最初は半年のつもりだったよ」

「あのねえ」

「当面の問題は、採用されるかどうかなんですけど……」

「茜なら二つ返事でＯＫに決まってるよ」

「でも私、体弱いし……」

「まかせて！」

ゆかりは茜の両手を握った。

「なにがあっても不合格になんかさせない。あたしが必ず宇宙につれてったげる！」

「ゆかりさん……」

茜は目をうるませた。

「ゆかり、でいいよ」

「ありがとう、ゆかり」

「女の約束だかんね。ま、どーんとまかして」

茜はこっくりうなずき、

「それであの、宇宙飛行士に志願するのって、どうすれば……」

「決まった手続きはないけど。所長んとこ行くのが近道かな。立てる?」

「ええ……」

茜はふらつきながらも、ベッドを出た。

ゆかりは内線電話で所長室にかけた。

「ゆかりです。志願者が来てるんですけど。例の、金魚を救った天才少女です……はい、わかりました」

受話器を置くと、ゆかりは言った。

「すぐ来てくれって」

茜はさっと顔をひきしめた。

那須田の所長室は、ネリ女の校長室とは大違いだった。

奢侈《しゃし》なものはいっさいなく、書類の山積したスチールデスクとホワイトボード、書棚、貧相な応接セットがあるだけ。壁にロケットの写真が並んでいることを除けば、中小企業の社長室と変わらない。

机の向こうに一組の男女がいた。

男は六十代。頭頂部を残してきれいに禿《は》げているが、眉は精力的な黒。丸い銀縁眼鏡の下には、野心的な眼が光っている。

女はまだ三十前後。豊かな黒髪。はだけた白衣と、ミニのタイトスカート。赤いハイヒール。

してみると、ワンマン社長と膝乗り秘書、という風に見えなくもないが――

「よく来てくれた。所長の那須田だ。こちらは医学主任の旭川さつき君。宇宙飛行士の身体訓練や健康管理を担当している」

「三浦茜です。宇宙飛行士を志願して来ました。よろしくお願いします」

茜は髪をなびかせて、深々とお辞儀した。

「ゆかり君から話は聞いてるよ。見事な手際だったそうじゃないか」

「それほどでも……あっても、宇宙飛行士になれたら、きっとお役に立てると思います」

「うむ」

那須田はさつきに目配せした。

さつきは那須田に顔を寄せて、耳元でささやいた。

「体重は三十六キロ」

「サイズは？」

「身長百五十三センチ、スリーサイズは上から七十四、五十二、七十五」

「文句なしだな」

「即断はしないでください。体力面で不安があります」

「わかった」

一瞥《いちべつ》しただけで体重体格、健康状態をぴたりと言い当てるのがさつきの特技だった。

那須田は茜に言った。

「茜君、今日は疲れているだろうから、審査は明日からにしよう」

「はい」

「以後はさつき君が面倒をみてくれる。医学検査はちょっとハードかもしれないが、辛抱してくれ。当面はゲストハウスで寝泊まりしてもらおう。ゲストハウスといっても、殺風景な部屋だが――それでいいかね？」

「はい」

茜はさつきにも挨拶した。

「明日からよろしくお願いします」

「よろしくね、茜ちゃん♡」

さつきは艶然とした笑みをうかべた。

……二つ返事で採用ってわけじゃないのか、とゆかりは思った。

自分やマツリのときはそうだったのだが。

大丈夫かな？

茜が不採用になったら、ちょっと困るな……。

ACT・4

本部棟に平行して並ぶ、鉄筋三階建てのビル、宇宙飛行士訓練センター。

翌日、茜は朝からここにこもりきりだった。

医学検査が始まるとすぐ、茜は旭川さつきがセンターの女王様であることを悟った。

身長、体重、胸囲、座高、握力、視力、色覚、聴力、肺活量——

ここまではまあ、普通の身体検査だったのだが。

それから茜は、ブラとパンティというあられもない姿で、口に呼吸マスク、全身に筋電位センサーを貼り付けられ、エルゴメーターを漕がされた。自転車のような装置である。

最初の十分で息が切れ、三十分経った時にはめまいがしてハンドルにうずくまった。

「どうしたの？　もうギブアップ？」

さつきが悲しげな顔で覗き込む。

茜は焦った。女医の顔には失望感がありありと浮かんでいる。

「い、いえ……大丈夫……です」

「そう？　ほんとに大丈夫？」

「ええ、もう、大丈夫です」

「ほんとにほんとに大丈夫？」

「はい、もう完璧に大丈夫です」

無理に笑ってみせる。

「ようし！　そうこなくっちゃ！」

一転、さつきは目を細めた。

「じゃあ次は減圧チャンバーいってみようか」

さつきは嬉々として別室に茜を連れ込んだ。

それは人が立って歩けるほどの円筒形の容器で、肉厚のステンレス合金でできていた。

「これは気圧をいろいろ設定して、人体の適応能力をテストする装置なの。中に座ってインカムで通話する。だめだと思ったらそう言って。デッドマン・スイッチもあるからね。でも、できるだけ我慢しないと宇宙飛行士にはなれないわよ」

デッドマン・スイッチは右手に握り、終始押したままにする。もし意識を失えば、スイッチが開いてそれが知れる。

茜はチャンバーに入り、椅子に腰かけた。

「それじゃ、がんばってね」

「はい」

分厚いハッチが閉じた。丸窓の外に、機械を操作するさつきが見える。

嬉しそうだ……。

茜は昨夜、ゆかりたちから聞かされた話を思い出した。


「あの人、佐渡ヶ島だからね」

ゆかりはのっけから、そう言ったのだった。

「あたしは陸上部だったし、マツリはジャングル育ちだから、どうにか乗り切ったけどさ」

「……⁇」

「そんなあたしでも、五、六回気絶したもん」

茜はまだ、話が見えない。

「その、医学検査ですよね？」

「建前はね」

「ちがうんですか？」

「人体実験よ。こっちがどこまで耐えるか試すの」

「……はあ」

「耐えれば耐えるほどエスカレートするからね、さつきさんて人は」

「具体的にはどんなことを……？」

ゆかりはさまざまな検査項目を、克明に説明した。

茜の顔から血の気がひいてゆく。

「それ……検査ごとに合格ラインってわかるんですか？」

「教えないのよ、それが。絶対教えない」

「それじゃ対策のとりようがないわ！」

茜は初めて狼狽《ろうばい》を見せた。

およそ筆記試験というものには腕におぼえのある茜だが、配点もわからずに受験したことはない。ましてや体力テストである。

「心理テストって一面もあるのかな。ねえ、マツリ？」

「そうだね。試験するときのさつきさんは、仮面つけたみたいだよ」

「仮面……？」

「心配することはないよ、茜」

マツリは言った。

「嘘をついてもわかってしまう。ありのままにやればいいね」

「そうね。さつきさんの顔色気にして動揺するよりは、そのほうがましかな」

「はあ……」

「あたしたちとしては、他にできることってないのよねえ」

「そうですか……」

「……なんとか、耐えてみます」

「そだねー」

真空ポンプだろうか、ブルブルいう音が響いてくる。

耳が痛くなってきた。

茜はごくりと唾をのみこんで、耳抜きした。

落ち着け、落ち着け。

『気分はどう？』

「大丈夫です」

昨夜聞いた話とは、ちょっと違うな、と茜は思った。

さつきの表情は仮面のようではない。むしろ、こちらの状態に一喜一憂しているようだ。

これは何を意味するのだろう？

『気圧は高度に反比例するわよね。いま標高二千メートルまで行ったとこ。いったん地上の気圧に戻して、こんどは五千まで行くからね』

「わかりました」

気圧が戻り、ふたたび減圧に入った。

茜は何度も耳抜きして、追従した。

耳から出血する人もいるが、耳抜きさえできれば大丈夫、とゆかりは言っていた。

『質問。アララト山の標高は?』

「ご……五千百二十三メートルです」

『さすが優等生ね。いまその頂上にいるわ。気分はどう?』

少し前から頭痛が始まっていた。痛みは刻々と強くなっている。

「えと……大丈夫です」

『ほんとに?』

「ほんとに大丈夫です」

『無理してない? ほんとにほんとに大丈夫?』

「絶対ほんとに大丈夫です」

『じゃあアンナプルナまで行ってみようか。それともやめる?』

ゆかりなら、迷わず挑発と解釈しただろう。だが、茜はそうは思わなかった。

期待に、こたえなければ。

「……行きます」

ポンプの音が、ひときわ高まった。

標高八千……いくつだっけ？……八千九十一メートル？

猛烈な頭痛とともに、思考力が低下してきた。呼吸が荒くなる。

ずいぶん長くかかったような気がした。

『到着～♪　アンナプルナにようこそ』

さつきが告げた。

『そこで質問。自然対数の底にもっとも近い平方根をもつ整数は？』

えっ……なに？　計算問題？　自然対数の底……？

鮒《ふな》一鉢二鉢で……２・７１８２８……

八のルートが２・８２……七が……ええと、七が……

茜は割れるような頭痛の下で、懸命に思考を集中しようとした。だが、ルート七がどうしても思い出せない。

……そうだ、ｅを二乗して右辺のルートを払えば……

ににんがし、しちしち……しちしち……しちしち……四十九……

「な……七です」

『さすが優等生。じゃあ、下山しようか』

ポンプの音がやんで、気圧が戻りはじめた。

『再突入したオービターの終端速度は時速二百キロになるの。そこで気密が破れたらどうなるか——いま茜ちゃんはそれを経験してるわけ。時間をかけて慣らす登山家よりずっと悪条件よ』

ふたたび、懸命に耳抜きする。もう意識してやらないと、耳が痛いのか頭が痛いのかわからない。

気圧が地上に戻り、ハッチが開いた。

頭痛はまだやまない。

茜はよろよろと外に出たが、すぐ四つんばいになって嘔吐感にむせんだ。

涙でにじんだ視野に、赤いエナメルのハイヒールがあった。

「あらあら……どうしたの？　もうギブアップ？」

見上げると、また、あの悲しげな顔があった。

失望のまなざし。

自分は、期待に応えられなかったのだろうか。

「い、いえ……大丈夫……です」

「そう？　ほんとに大丈夫？　真っ青よ？」

「ええ、もう、大丈夫です」

「ほんとにほんとに大丈夫？」

「はい、もう完璧に大丈夫です」

茜は最後の力を振り絞って、笑顔を作った。

「ようし！　そうこなくっちゃ！」

さつきはにっこり笑った。

「じゃあ次は、遠心機いってみようか。うふふ♡」

ACT・5

「ゆかりちゃん？　……ゆかりちゃーん？　聞いてる？」

名を呼ばれて、ゆかりは我に返った。

「あ……めんごめんご」

VABの一角、オービターのクリーンルーム。

「改修個所はしっかり把握しとかないと、上で困るよ」

説明しているのはチーフエンジニアの向井。

「うちは〝人を乗せる以上はこき使う〟って方針で、搭載装置の冗長性は極力抑えてあるんだ。メインが壊れた、サブも止まったとなれば、君たちがその場で修理しなきゃだめなんだからね」

「わかってますって」

「なにか心配事でもあるの？」

「うん――まあ、ちょっとね」

「向井さん、ゆかりは茜の検査を心配してるんだよ」

マツリが言った。

「検査って、さつきさんがやってる？」

「うん」

「そうか……それでかあ」

向井は合点《がてん》した。

「それでって？」

かすかな違和感を感じて、ゆかりは聞いた。

「いやね、どうもさっきから工場の電源電圧が安定しなくて、変だなと思ってたんだ」

「電源電圧？」

「どこかでとてつもなく電力を大食いしてるはずなんだけど、このＶＡＢ内じゃないんだ」

「……というと？」

「さつきさんの遠心機さ。あれってフルパワーで運転すると、小さな都市並みにワット数食うから」

「ふっ、フルパワーで遠心機を!?」

ゆかりの脳裏に、いまわしい記憶がよみがえった。

遠心機というのは、一人乗りのメリーゴーランドのような装置である。

人を乗せる部分は木馬ではなく、密閉式の箱になっている。箱の姿勢は自由に変えられるので、中の人間はあらゆる方向に遠心力をうける。

宇宙飛行士を引き受けてまもない頃、ゆかりはこの装置で徹底的にしごかれた。

はじめての時は、胸から背中にかかる九Gで呼吸困難に陥り、気絶した。

だが、この方向ならまだいい。

頭から足に向けてのGは、その数倍こたえる。

さつきはなんの前触れもなしにGの向きを変えて、ゆかりをもみくちゃにした。内臓が転げまわり、何度も気絶し、嘔吐した。関節を脱臼《だっきゅう》しかけたこともある。

Gの大きさは、装置の回転速度を変えることで最大三十まで設定できる。

その場合、四十キロの体重は三十倍、つまり千二百キロになる。この荷重だと、たいていの人間は短時間で死亡する。

そして今――かよわい茜が、フルパワーでぶん回されている……。

ゆかりは顔面蒼白になった。

「む、向井さん、悪いけど、ちょっち中座していいかな！」

「だけど――」

言いかけて、向井はため息をついた。この様子では、とても無理だろう。

若い向井は、飛行士たちのわがままに弱かった。

「……いいよ。行ってくれれば」

ゆかりはクリーンルームを出て作業服を脱ぎ捨てると、訓練センターにダッシュした。

正面玄関に入った時から、もう作動音が響いていた。

装置は地下にある。

ゆかりは階段を二段ぬきで駆けおりた。

遠心機室のドアを開け、管制室にとびこむなり、ゆかりは怒鳴った。

「機械とめて！　茜にいきなりフルパワーなんて無茶よっ！」

「え？」

白衣の背中を見せていたさつきがふり返った。

「誰も乗ってないわよ。久しぶりに使うから、ウォームアップしてるだけ」

「……なんだ」

ゆかりはどっとため息をついた。

しかし、勢いはすぐに衰えなかった。

「茜は？」

「ちょっと休憩させてる。もうじき来るわ」

「成績、どうなの？」

「うん、思ったよりついてくるわね」

「ほんと!?」

つい口元がゆるんでしまう。

「うん。あとはこの遠心機のテストをクリアすれば、まず合格かな」

ゆるんだ口元が、また引き締まった。

「それ……何Gまでやるつもりなの？」

「始めてみなきゃ、わかんないわね。そのためのテストなんだし」

「あたしん時は気絶するまでやったよね。いきなり九Gもかけて。今度もそうする気？」

「だからやってみなきゃわかんないって」

「気絶するまでやるのかってこと！」

さつきは首をかしげた。

「どうしたの？　なんでそうむきになるの」

「だから……オービターだって二人乗りになったし、打ち上げだって前は十Gかかったけど今は八Gでしょ。だから……あんまりシビアにテストすることないと思って」

「ロケットの運用と適性検査は別よ。この子が何Gまで耐えられるか把握しないと、適性もわからないし訓練スケジュールだって立たないでしょ？」

「そりゃ……そうかもしれないけど」

ゆかりは言いよどんだ。

「ゆかりちゃん。こう見えてもあたしは医学博士よ？　乱暴するように見えても、ちゃあんと紙一重で止めるからさ」

「だからっ！　なんで紙一重までやるかって——」

そのとき、トレーニングシャツを着た茜が入ってきた。顔はげっそりとやつれ、足を引きずるように歩いている。

「あ……ゆかりさん。どうかしたんですか」

「談判してんのよ。検査と称してしごくのやめろって」

「そんな、いいんです。私、できる限りのことしますから。きちんとテスト受けますから」

「あんたはその気でもね、挑発に乗ってずるずるやってたら何されるかわかったもんじゃないのよ、この人のばやい。人体実験が趣味なんだから！」

「えらい言われようだこと……」

「八Gよ！」

ゆかりはさつきにつきつけた。

「先任宇宙飛行士として意見するわ。今回は胸から背中へ八Gまで！」

「たった八G？」

「そう。いまのブースターならこれに耐えれば十分だもん！」

そう言って、さつきをにらみつける。

さつきも顎を引いて、頭ひとつ低いゆかりをにらみ返した。

しばらくにらみ合ってから、さつきが折れた。

「なんでも言いなりになるとは思ってほしくないんだけど──まあいいわ。今回はそうしとこうか」

さつきはコンソールを操作して、遠心機を止めた。

「じゃあゆかりちゃん、茜ちゃんをケージに乗せてくれる？」

ゆかりは黙って応じた。

「行こ、茜。歩ける？」

「ええ……」

ゆかりは茜に肩を貸して、管制室を出た。階段を降りると、円形のプールのような空間があって、遠心機はその中央に鎮座している。

末端にあるケージのドアを開き、中に茜を座らせる。

上半身を四点式ハーネスで固定し、さらに腰と膝、脛《すね》も縛りつける。

「ちょっときつめだけど、我慢してね」

「はい」

ゆかりは念入りに点検した。高G下では椅子から落ちただけでも骨折するのだ。

「正面にボタンがあるでしょ。点灯したのを押すように指示されるから」

「ええ」

「四G越えると腕上げるだけでもきついけど、腹式呼吸してれば意識はもつから」

「はい」

「がんばってね。さつきの奴さ、茜のこと成績いいって言ってたよ」

「ほんとですか!?」

「うん。これさえクリアすれば合格だって」

「私、がんばります、ゆかりさん」

「ゆかりでいいったら」

「ゆかり、ありがとう」

「うん。じゃあ、上で見てるから」

ケージのドアを閉めると、ゆかりは管制室に戻った。

さつきはインカムで茜に話しかけた。

「茜ちゃん、聞こえる？」

『よく聞こえます』

「ボタン操作のことは聞いた？」

『点灯したのを押すんですね』

「そうそう。高重力下での判断力と操作能力を試すの。じゃ、はじめるよ」

回転面クリア、装置始動……と唱えながら、さつきはスイッチを入れていった。

遠心機が回転しはじめる。

さつきはコンソールのG表示を読み上げた。

「二G。気分は？」

『だ……大丈夫です……』

ゆかりは女医の顔をうかがった。

さつきは無表情だった。

マニキュアの指で、回転数設定ダイヤルをじわじわと回してゆく。

「三G。どうしたの、ボタン操作遅いわよ」

『はあっ……はい……』

茜の声は苦しそうだった。

ゆかりは拳に力をこめた。

がんばれ。三Gじゃスポーツカーの加速だぞ。

ロケットは八Gだぞ。

たのむ茜、八Gまで耐えてくれ。

「四G。そろそろ本番よ。気分はどう？」

返事がない。

「茜ちゃん？　どうしたの？」

茜は答えなかった。

どうした茜？

「インカムの故障かしら」

さつきは停止ボタンを押した。

遠心機が止まると、ゆかりとさつきはケージに駆け寄った。

ドアを開けて、中を覗き込む。

「…………」

「…………」

二人は黙って顔を見合わせた。

茜は気絶していた。

たった四Gで。

ACT・6

「だからさ、あたしにあやまることないって」

「すみません……」

茜はぐったりとベッドに横たわり、うつろなまなざしを天井に向けていた。

胸にはテディベアのぬいぐるみを抱いている。日本から持ってきたものだった。

ベッドの横にはゆかりとマツリが、病人を見舞うように腰掛けている。

「……やっぱり、無理ですよね。四Gで気絶してるんじゃ、私なんか、とても」

「それは、今後の訓練しだいじゃないかと……」

「でも採用されなきゃ訓練もないでしょうし……ゆかりさんは九Gまで耐えたんですよね」

「まあね」

「マツリさんは……？」

「ほい、最初は十七Gだったよ」

「……………」

茜は壁に顔をむけた。

「あ、マツリは特別よ。叩いても死なない女ターザンなんだから」

「でも、ゆかりさん――」

「ゆかりでいいって」

「ゆかり――打ち上げのたびに気絶する子と、いっしょに飛ぶ気になる？」

「そ、それは……」

一瞬、間ができてしまった。ゆかりは急いで続けた。

「平気平気。打ち上げ中は特にやることないし、最初は一人で飛んだんだもん。上に着いたら起こしてあげるだけでしょ。楽勝だって」

「……いいの。無理しなくても……」

消え入りそうな声。

ゆかりはいたたまれなくなった。

「マツリさ、なんかこう、ぱーっと元気の出る魔法ってないの？」

「寝ることだよ」

マツリは言った。

「茜、今日はぐっすり寝よう。疲れたから、よく眠れるよ」

「ええ……」

「じゃあ、今夜はお開きにするか」

ゆかりはほっとした思いで、立ち上がった。

「おやすみ」

「おやすみなさい……」

ACT・7

「体格と感覚器官には問題ありません。性格は温厚にして従順で、責任感が旺盛。知能も優秀で集中力があります。体力も思ったよりありました。ただ問題なのは耐G特性です」

翌日の幹部会議で、旭川さつきは報告した。

「耐G特性か。致命的かね？」

那須田がたずねる。

「四Gかけたとたんに気絶しました。あれではジェットコースターにも乗れません」

「なんと……四Gかあ……」

「学力は最高なんですがね」

木下が面接の印象を語った。

「いや――学力というより理解力かな。選《え》りすぐりの引っかけ問題をいくつか出してみたが、どれも正解だった。現象の本質を見抜き、理解して演繹《えんえき》する能力があるんだな」

「でも、四Gじゃね」

さつきが言った。

「打ち上げと再突入のたびに少なくとも八Gの荷重がかかります。たかだか四Gで気絶するんじゃ、いじめがいが――いえ、飛行任務の遂行は不可能です」

「訓練しだいでなんとかならないかね？」

さつきは首を横に振った。

「八Gで気絶しなきゃいいってわけじゃないんです。八Gのもとで状況を判断し、緊急操作を実行できなければ。意識を保つだけなら、せめて十Gは耐えてくれないと」

「うーむ……」

那須田は唸《うな》った。

「念を押すが、可能性はゼロかね？」

「ゼロというわけではありませんが……？」

さつきはいぶかしげな顔で見返した。

「ゆかりも訴えているが、軌道上での分業体制を確立したいんだ。NASAの信用を得られないのも、この点が大きい。さらにだ――」

　那須田は書類入れから一枚のカラーコピーを取り出し、皆に見せた。

　ブロンドやブルネットの娘が五人、ずらりと並んでポーズをとっている写真だった。

「昨日付けのフランス国立宇宙センター《CNES》ホームページだ。アリアン・スペース社の子会社で、アリアン・クーリエというのがフランスで旗揚げした。商業飛行はまだ先だが――小型オービターに小柄な飛行士を乗せて、衛星修理などのサービスを行なうというんだ」

「まんま、うちの真似じゃないですか！」

　向井があきれ顔で言った。

「ライバル登場というわけさ。まさかここまで開き直るとは思わなかった。ロケットは有人仕様に改造したアリアン4を使うらしい」

「宇宙服はどうなんです？　スキンタイト服があるんですか？」

「まだないとみている。この写真はただのレオタードだろう。だがアイドル性はかなりのもんじゃないかね、木下君」

「そうですね。うちの二人にしても、ゆかりはあの歳でAV女優ばりのナイスバディですし、マツリは往年のアグネス・ラムの再来ともいわれて、世界を前にしても見劣りするものではないんですが――」

木下の専門知識は多岐にわたるが、なぜか少女アイドルについても通暁《つうぎょう》している。もっとも、これはSSAの経営戦略上の要請でもあった。

かつての宇宙飛行士は国家の威信を背負ったが、現在ではスポンサーである国民の理解を得るために利用されている。ことにSSAのような野心的な事業は、ゆかり・マツリの人気があってこそ生き長らえたといっても過言ではない。事実――知らないうちに巨額の税金が投入されていたことへの反発は、愛らしい二人の活躍によってたちまちうやむやになったのだった。

「――しかし、フランス娘五人の前には、いささかパワー負けの感もありますね。いろんな意味で」

「その通り。ルックスはともかく、最大の問題はすでに五人揃えてるってことなんだ」

那須田は言った。

「正副二チームとして、二人乗りなら四人、三人乗りなら六人は欲しい。それがたったの二人だ。これじゃNASAに信用されなくても仕方がない。誰か一人が風邪を引いただけで打ち上げ延期になるんじゃな」

「要するに、頭数だけでも揃えろとおっしゃりたい」

さつきが言った。

「本音を言えばだ。最悪――茜が気絶しても、もう一人が起こしてやればいい、と考えることもできる」

「私は反対です！　三人乗りがロールアウトしたとしても、多くの飛行は二人乗りになるでしょう。最もクリティカルな打ち上げと帰還の間、事実上の単独飛行になるなんて、ますます信用を失います！」

「世間がそれを知れば、の話だ」

「所長！」

「まあまあ、さつき君――」

「信用問題はごまかせても、安全がおびやかされることは変わりません！」

さつきはテーブルを叩いた。

「あの子たちが死ぬところを想像できますか？　安全とはつまり、そういうことですよ！」

「………」

場内はひととき、水を打ったように静まった。

向井が沈黙を破った。

「さつきさん、それは言いっこなしですよ……」

「なによ、それって」

「いまの言葉です。命がけってことは誰でもわかってるんです。絶対安全を望むなら、宇宙飛行なんかできません。宇宙ビジネスとの最良の妥協点をみつけるために、みんな頑張ってるんですよ」

「じゃあ向井君は、打ち上げ中に一人が気絶してってもいいっての？」

「そうは言いませんよ。でも打ち上げ中は二千個のセンサーと多数決処理のコンピューターが異常をチェックして、フルオートでオービターを分離脱出させる機構があるんです。もちろん基地からの遠隔操作もできます。それでもだめってときに初めてパイロットの操作が必要なわけで」

「そのわりには毎回はらはらさせられるじゃないの」

「すみません……。でも、たとえばブースターが突然爆発したら、それはもう、どんな安全機構があっても、どんな優秀なパイロットがいてもおしまいなんです。それを恐れるなら有人飛行なんてやれない。僕がエンジニアとしてやってられるのは、そういう最悪の事態は地上の努力で防げるって信じてるからですよ。事実、細かいトラブルは毎回あるけど、大事故は起きてないでしょう？」

「………」

年下の実直な技術者からそう言われて、さつきは態度を改めた。

「わかったわ。死ぬとかって言ったのは悪かった。それは認めるけど、ヒューマンファクターの責任者としては、茜ちゃんの採用は認められない。この結論は動かないわ」

「こう考えることはできないかな」

木下が言った。

「確かに最大の危険は打ち上げと帰還にあるんだが、それは全飛行時間の二パーセントにすぎない。軌道飛行中にも結構な危険があるわけだ」

「だから？」

「とかく感情的になりがちなゆかりや、何をはじめるかわからないマツリのことを思えば、茜君のようなタイプは二人の補佐にうってつけじゃないかな。飛行時間の九十八パーセントについては、むしろ安全性が向上するともいえる」

「あなたも茜ちゃん派ってわけね」

木下は苦笑した。

「生理学は僕の専門外だが、あの子なら体力不足を知性でカバーできそうな気がしてね。そこで提案なんだが――リターンマッチとして総合的な能力を試すテストを実施して、それで決めるというのはどうかな？」

「総合能力のテストって？」

「つまりね――」

木下が説明すると、さつきは眉をひそめた。

「あの子に、あれをやるの!?」

「そう。完全に単独、誰のサポートもなしだ」

「無理よ。体育会系のゆかりちゃんの時だって、マツリちゃんと出会わなかったらどうなってたことか」

「やってみなきゃわからんさ。もし合格したら、さつきさん、評価を改める？」

「まあ……再考してもいいけど」

「どうです、所長？」

「そうだな。それに望みをかけてみるか……」

それから、那須田は言った。

「だが、完全に単独でやらせるとなると、ひと工夫いるな」

ACT・8

「こんこん。茜、おっはよー」

「ほーい、茜、朝だよー」

この二日間、ゆかりとマツリは毎朝茜の部屋を訪ね、朝食をいっしょにとっていた。

いつもなら、茜はすでに身支度を整えていて、すぐに出てくるのだが。

「ほい、気配がないね」

「茜？　開けるよ？」

ゆかりはノブをまわした。

錠はおりていなかった。

中はもぬけの殻だった。

スーツケースも、壁にかかっていた上着も、机の上の本も消えている。ベッドには寝た跡もない。

ゆかりは急いで外に出て、部屋番号を確認した。２０１号。間違いない。

二人はフロントに行った。

「ねえ、茜って、部屋移った？」

「あれ、知らなかったの？　三浦さんなら昨日出られましたよ」

寮母風のフロント係が言った。

「出たって……？」

「帰国するので、ルームの使用は今日まで——つまり昨日のことね——って通知があったんだけど？」

「そんな！　黙って帰るなんて——」

「あれあれ、仲良くしてたのに黙って帰っちゃったの、あの子？」

詮索するように言う。ゆかりは答えず、外に出た。

そのままずんずん歩いて、訓練センターに入る。階段を上がり、『宇宙生理学研究室』というプレートのかかったドアを、ノックもせずに開けた。

旭川さつきはトマトジュースとトーストの載ったトレイを前に、片手で学会誌か何かを読んでいた。

「さつきさん」

「あらゆかりちゃん、おはよう」

「茜が帰国したって本当？」

「知らなかった？　昨日帰ったんだけど」

フロント係と同じことを言う。

「帰ったって、つまり不合格だったってこと？」

さつきは雑誌を置いて、さりげなく身構えた。

「そう。あなたも見たでしょ。四Gで気絶するんじゃ、ちょっと宇宙飛行士はつとまらないわね」

「だけど、訓練でなんとかならなかったの！」

「そんな恐い顔しないでよ。適性検査なんだから、その時点の能力で判断するしかないじゃない」

「そりゃそうだけど、学校やめてはるばる来たのに、あっさり不合格なんて！」

「あたしだっていい気持ちはしないわよ。だけどやる気があればいいってもんじゃないでしょ？　それがあの子のためだし、ゆかりちゃんやマツリちゃんのためでもあるのよ。聞き分けてくれないかな」

「…………」

確かに、さつきに当たっても詮無《せんな》いことだった。

それはわかるのだが――

「だけど――だけど黙って帰るなんて……」

「合わす顔がなかったんじゃないかな」

「なんで」

「だから……推薦してくれたゆかりちゃんの顔に泥を塗った、とか思って」

「そんなわけないよっ！」

ゆかりは怒鳴った。

「あたしが引っ張りこんだんだもん！　茜なら大丈夫、即採用だよって――あの子、それ素直に信じて、ここまで来たんだ！　悪いのはあたしで、あの子がすまなく思うことなんてこれっぽっちもないんだよ！」

唾が飛んで、トマトジュースに小さな波紋が立った。

「わかった、わかったからさ――」

さつきは両手で押し返すようなしぐさをした。

「あたしが悪かったんだ」

声が変質していた。

「うん、それはわかった――」

「こんな子がいたら便利だって思って、それで誘って」

「そのアプローチはちっとも間違ってないし――」

「ヘリに乗った時は、酔いもしなかったし気絶もしなかったし」

「乗り物酔いにはいろんな要因があってね」

「あの子の目、なんかきれいだったから、いっしょに宇宙へ行こうって思ったんだ」

「ゆかりちゃん」

「地球を見せたいって。きれいだから、とっても――」

「ゆかりちゃん、もういいから」

さつきは席を立って、ゆかりの側にまわった。

ハンカチを出して、涙を拭く。

「なんで泣いてんだろ……変なの……」

「いいから座って。さ、座って」

肩をうながして、長椅子に並んで腰をおろす。

「その……今回はだめだったけど、再挑戦する機会はあると思うわ。あの子、見かけより
ずっとがんばり屋さんだから」

ゆかりは答えず、子供っぽく両手で眼をこすり、しばらく泣いていた。

さつきはもう何も言わず、見守っていた。

やがて、ゆかりは言った。

「さつきさん……」

「うん？」

「茜の電話番号、教えて」

「電話番号……？」

「家に電話して、謝りたいから」

「でもさ、ゆかりちゃんが謝ることなんか」

「顔に泥塗ったなんて思わせたくないのっ！」

「わかった、わかったけど――」

さつきはあわてて言った。

「電話番号は……その、聞かなかったと思うわ、たしか」

「聞かなかったって、カルテとかに書かないの⁉」

「ああ……それはつまり……採用が決まってからにしようと思って……」

「住所も？」

「そう、住所も」

「じゃ、一〇四で問い合わせるか……」

「あっ、あのさ、ゆかりちゃん。昨日の今日じゃまだアレだし、せめて一週間ぐらい待ったほうがいいんじゃないかな。電話するなら」

「なんで」

「お互い、心がしずまってからのほうがさ、言葉も素直に響くと思うし」

「……そうかな」

「そうよ、絶対そう！　医学博士のあたしが言うんだから間違いないって！」

「……わかった。そうする」

ゆかりはこっくりうなずき、ぐずぐず鼻を鳴らしながら出ていった。

さつきは胸をなでおろした。

ACT・9

六日後、日曜日。

現在SSAでは毎月のようにロケットの打ち上げがあり、職員も飛行士も休日返上で準備することが多いのだが、この日はめずらしく、完全に休みだった。

マツリは朝から民族衣装に身を包んでいた。包むといっても、肌を覆うのは腰蓑《こしみの》と胸当てのみ、というビキニスタイルである。

そのかわりネックレスやブレスレット、アンクレットなど、装身具は豊富につけている。それには椰子やラタンの繊維、貝や動物の牙など、天然素材が多く使われているが、基地でひろったボルトやワッシャー、サーマルブランケットの切れ端なども活用している。装身具にはどれも呪術的な意味があるが、様式にはこだわらない。

タリホ族が普段からこのように盛装することはないが、マツリは一族の次期シャーマンとされているので特別だった。

マツリは右手に槍、左手に麻袋を持って、すたすたと正門を通った。

「あー、マツリさん、どこ行くんです？」

守衛が呼び止めた。

「ほい、北の森へ行ってイリッペナッツをひろうよ。ドリアンもあるかもしれないね」

「いまジャングルは立ち入り禁止なんですよ」

「ほい、なんで？」

「保安部が実弾射撃演習してるもんですから」

「北の森でナッツの実がなるのは九年ぶりだよ。いま採らないともったいないね」

「すみませんが、誰も立ち入り禁止って通達なんで」

「ほい……」

マツリは守衛の前に歩み寄った。

黒い、猫のような瞳が、相手の目を射抜いた。

それからマツリは、鼻にかかった声でなにかささやいた。

守衛の顔が弛緩《しかん》した。

「マツリに弾はあたらないよ」

「……マツリに弾はあたらない……」

「だから行っても大丈夫だね」

「だから行っても大丈夫……」

「オープン・ゲート」

「オープン……」

守衛はボタンを押し、遮断機が開いた。

マツリはにっと笑って、すたすたと外に出た。

ソロモン宇宙基地は島の東岸から数キロの平坦地を開墾して造られている。正門を出ると、未舗装の道路はすぐジャングルにのみこまれる。ジャングルは南西に向かってせりあがり、島の中央に走るシリバ山地と溶けあう。

こうした熱帯のジャングルについては、多くの幻想的な誤解が蔓延《まんえん》している。酷暑、猛獣と大蛇、マラリア、人食い人種……。

確かにそこは蒸し暑いが、不快感は梅雨《つゆ》どきの日本と大差ない。大型の動物はほとんど見られず、人食いの習慣は宣教師たちの努力で一掃されている。マラリアは予防接種を受けた健康人なら、さほど心配するにはあたらない。密林では栄養と日照を奪い合う植物間の闘争が音もなく進行しているが、その主戦場は樹冠にある。薄暗い地上に、大きな植生はない。

とはいえ、このあたりの低地混交フタバガキ林を徒歩で渡るのは、一般の文明人にとって悪夢だった。

密林の底で、フタバガキの根元はミサイルのフィンのような板根《ばんこん》を四方に張り出している。折り重なった根やつる植物、小山のような倒木は草と苔《こけ》に覆われ、足場と視界をさらに悪くしている。

労力の大半は上下移動に費やされる。周囲の展望が得られないために、困難な障害を乗り越えてようやく、そこが行き止まりであるとわかることも多い。疲労がつのると、人はルートを探る努力も放棄してしまい、身動きもとれないまま衰弱してしまうのだった。

マツリはしばらく道を歩いてから、ひょいと密林の中に入った。

そして、それまでとまったく変わらないペースで、木々の間を進んだ。

音も立てず、枝もゆらさず、猫のような身のこなしで歩いてゆく。泳ぐといったほうがふさわしい。

正午近くになって、マツリはめざす森についた。

「ほーい……きれいだねー」

マツリは小さく歓声をあげた。

はるか高みにある樹冠から、たえまなく、何かがくるくると回りながら落ちてくる。それは木漏れ日をさえぎるたびに空中でちかりと光った。

足元に落ちたのは褐色の種子で、バドミントンの羽根のような形をしていた。

マツリはかがみこんで、実をひろった。丸い果実だけをはずし、袋に入れる。

実はそこらじゅうに落ちていた。マツリは無心にひろった。そうする間も、種子はあとからあとから落ちてきた。

イリッペナッツは脂をたっぷりふくんでいて、マツリの大好物だった。しかし、花が咲いて実がなるのは数年から十数年に一度だから、気をつけていないと食べそこねる。

タリホ族はこれを「ナッツの年」と呼んでいた。この年は、なぜか付近一帯の木がいっせいに開花するのだった。

前回のナッツの年はマツリが七歳のときで、その時のうれしさは忘れられない。あとでリスが大繁殖して割りをくったが、それでも喜びが帳消しになることはなかった。

宇宙船で島の上を通過するときも、マツリはかかさず様子を観察した。開花は深緑の中の、かすかな淡色でわかった。

麻袋に半分ほど実をひろうと、マツリはそこを離れた。

まだ陽は高いから、尾根沿いに少し登って、他の果実をさがそう。

もしかしたら、またドリアンにありつけるかもしれない。甘酸っぱいミルクのにおいが案内してくれる。コウモリの糞やオランウータンの足跡もヒントになる。

しかしドリアンはそうそうお目にかかれるものではない。

ジャックフルーツやイチジクや、赤いランブタンの実でもいいね、とマツリは思った。

どれでもいい。どれもおいしい。マツリはそれらを思い浮かべて、にんまりした。

ときどき立ち止まっては木を見上げた。果実をみつけると、するするとよじのぼって摘《つ》んだ。両手が使えないときは、いちど地面に落としてからひろい集めた。いくつかの実は、その場で食べた。

果実をどっさり集めて、そろそろ帰ろうか、と思った時だった。

かすかな異臭を感じて、マツリは立ち止まった。

防虫スプレーのにおいだ。

基地の人だろうか？　それとも人類学者？　商社員？

マツリはちんまりした鼻をひくつかせて、臭跡をたどった。

しばらく歩くと、前方の茂みの間から、オレンジ色の何かが見えた。

マツリはすたすたと歩み寄った。

「ほい、茜。ここで何してる？」

三浦茜は二枚の板根の間に、力なく横たわっていた。

顔も手も服も、汗と泥で汚れていた。

体の下には銀色のサバイバル・ブランケットが敷かれている。

オレンジ色はツナギになったフライト・カバーオールで、ＳＳＡの航空部員が使用しているものだった。上半身にはサバイバル・ベストを装着している。これは胸と腹をとりまく大小のポケットの集合体で、サスペンダーで吊る構造になっていた。

茜はゆっくりと声のするほうを見た。

「マツリ……」

うつろな目に、驚きが宿った。

上体を老人のようにゆっくりと起こす。

マツリは向かい合ってぺたりと座り、あぐらをかいた。

「ナッツをひろいにきたんだよ」

マツリは袋の中身を見せた。

「いっしょに食べよう。おいしいよ」

「わあ！」

茜は目を見張った。

たっぷり十秒ほど、果実に釘付けになる。

それから——茜はぷいと顔をそむけた。

「ありがとう……でもだめなの。誰の助けも受けちゃいけないの」

「ほい？　なんで」

「単独踏破訓練なんです。……訓練っていうか、テストなんですけど」

「ほー……」

単独踏破訓練——それは軍隊で行なわれる、最も過酷な訓練として知られている。

限られた食料と装備を持った隊員は、ヘリコプターで大自然のただ中に運ばれる。

そして、誰の援助も受けず、完全に単独で行動し、時間内に指定の場所へたどりつくことが求められる。

判断力と体力、サバイバル技能、そして孤独に耐える精神力が試される訓練だった。軍隊の訓練では死者や発狂者が出ることもある。

単独踏破訓練はゆかりも受けたことがある。しかし、初日にジャングルでマツリと出会い、その案内でやすやすと帰還したのだった。訓練としては不完全だったが、SSAはすでにゆかりを宇宙飛行士にしたてると決め込んでいたので、問題にはならなかった。

「茜がこんなことをしているとは知らなかったよ」

「秘密だったんです。もし知られたら、その、こっそり助けるかもしれないからって。それで保安部の演習場でキャンプして、三日間サバイバル訓練して、それからヘリコプターでジャングルに運ばれて」

「来てから何日になる？」

「三日目です。今日中に帰還しないと失格なんですけど……でも……」

茜は目を伏せた。

携帯食糧は一日分しか与えられていない。サバイバル訓練は熱帯〜亜熱帯域のグローバルなもので、この島の地理や食用果実などの知識は与えられなかった。

茜は食糧を三日ぶんに配分して取ってきたが、飢えはもう限界だった。いくら休養しても、体力が回復しないのだ。

「茜は不合格になって日本に帰ったと聞いたよ」

「そ、そんなこと言ったんですか……」

「ゆかりはとてもがっかりしてるね。そして茜にすまないと言ってた」

「そんな！　これは私が選んだことなんです。ゆかりが悪く思うことなんてないのに！」

茜は左右の板根を手すりにして、ゆらりと立ち上がった。

ブランケットを畳んで、背嚢《はいのう》にしまう。

茜は一歩ずつ、腐葉土を踏みしめて、歩きはじめた。

「行かなくちゃ……今日中に、帰らなきゃ」

「ほい、近道するならねえ――」

「教えないで！」

茜は鋭くさえぎった。

「私を助けないで。助けられたら失格なの。お願い」

「ほい……」

茜の目をみて、マツリは口をつぐんだ。

それから言った。

「茜、今日はいい天気だから、大丈夫だよ」

「ありがとう。もいっぺん、がんばってみる」

マツリはまわりを見回した。それから空の一方を指差した。

「わお、ツバメが飛んでるよ。いっぱいいるねー！」

茜もそのほうを見た。密生する樹木の向こう側に、なにかがすばしこく飛び回っていた。

「あれ、ツバメなの？」

「そうだよ。ツバメは飛ぶのがうまいね」

マツリは麻袋を持って立ち上がった。

「ほい、マツリはもう少し木の実を集めて帰るよ」

そして、すたすたと歩み去った。

マツリの姿はあっという間に見えなくなった。

木の実を集めて帰る――つまり、基地へ直行するとは限らないという意味か……。

茜はそれを、自分への配慮だと解釈した。

茜はしばらく、ツバメを見ていた。

日本で親しんでいる鳥と再会して、ほっとした思いだった。

ジャングルに初めて降り立ったとき、茜は感激した。その途方もなく豊かな生物相に、呆然とした。だが、喜びは長続きしなかった。

生物には詳しい茜だが、惜しいかな、熱帯のものには知識が及んでいなかった。もう少し勉強しておけば、食料を見つけることもできたはずなのだが……。

それから、頭の片隅で、なにかがひらめいた。

あのすばしこい飛び方は――ツバメたちは空中で昆虫を捕食しているんだ。

つまり、あそこには昆虫が群れている。

昆虫が群れるのは、たいてい羽化したときだ。

茜は耳を澄ませた。

かすかな羽音が聞こえる。高いうなり。蠅か？……いや、蜂だ。小さな蜂にちがいない。

熱帯の蜂。どこかで読んだことがある。

あれは——寄生生物の本だった。

茜は懸命に記憶をたどった。

そう、イチジクコバチ！

イチジクの果実は内側にむかって咲いた花だ。開花は外からではわかりにくい。そのイチジクが受粉するために、共生する蜂が一役買っている……。

そのプロセスは「共生の最高傑作である」と述べられていた。

イチジクの花には雄花、雌花のほかに蜂の卵を宿すタイプの花がある。その花——つまり実の内部で、まず雄蜂と雌蜂が交尾する。そこには必ずイチジクの雄花がある。雌花の雌蜂は花粉をつけたまま外に出て、卵を産みつけるのにふさわしい花をさがす。雌花の形状は蜂の産卵にむかない形状をしているので、蜂は別の花を求めてとびまわることになる。その過程で、イチジクの受粉は完了する。

——ああ、なんてうかつだったんだろう！

蜂の羽音は、この三日間で何度も聞いた。刺される危険だけを意識していて、ここまで考えがおよばなかった。あそこには、イチジクの実がなっていたのだ！

茜はツバメの乱舞するあたりに進んだ。

そしてまもなく、たわわに実ったイチジクの木をみつけた。

実をもいで、二つに割る。汁気たっぷりの、ねっとりと熟した果肉が現れた。

皮もむかずに頬張った。口いっぱいに甘いジュースがひろがった。

涙が出てきた。茜は立て続けに三つの果実を食べた。四つめは蜂を宿していた。食べられる実を選んでは頬張る。少し気持ちが落ち着くと、腹痛を恐れて食べるのをやめた。

よさそうな実を十個ほど選んで、背嚢につめる。

全身に体力がみなぎってくるのがわかった。

時計を見ると、二時をまわったところだった。

帰れるかもしれない。あと十時間。日没までなら四時間。

マツリは基地から歩いてきたらしい。あの子にできるなら、自分にだって——物理的に不可能なはずはない。

しかし……。

不安な思いが脳裏をよぎった。

イチジクを見つけたことは、マツリの援助によるものだろうか？

マツリはツバメの存在を指摘しただけだった。

それを聞いたときは、ヒントだとは思わなかった。しかしマツリは、そのつもりだったのかもしれない。あの子が、その下にイチジクがあることを知らないわけがない。

でも——ツバメとイチジクを結びつけたのは自分だ。

もし帰れたら、時間内に帰れたら、正直に話してみよう。不合格になるとは限らない。チャンスはまだある。

茜はコンパスを取り出して、進路を見定めた。

地形。植生。鳥の群れ。水の流れ。ヒントはどこにでも転がっているのだ。

もう見逃さないぞ。

茜はそう肝に銘じて、歩きはじめた。

ACT・10

休みだというのに何もする気が起きないので、ゆかりは部屋で横になり、横浜で買った『シオニズムとイスラム社会』を読んでいた。

ひたひたと足音が近づいてきて、ノックもなしにドアが開いた。

「ほーい。大漁だったよゆかり。いっしょに食べよう」

うんぐぐ、と奇妙なうめき声をあげて、ゆかりは枕元に本を伏せた。

「ドリアンはやよ」

「ナッツとランブタンとジャックフルーツとイチジクがあるよ」

ゆかりは起きあがって、

「あーっ、汚い袋をベッドに置くんじゃない！」

マツリは麻袋を床に移し、椅子の上にあぐらをかいた。

「なにがいい？」

「じゃ、イチジク」

マツリが手渡すと、ゆかりはあまり嬉しくもない様子で皮をむきはじめた。マツリのほうはアーミーナイフでランブタンの実から果肉をえぐりだしにかかる。

二人は黙々とトロピカル・フルーツを食べた。

皮や種をごみ箱に捨て、汁をティッシュで拭く。

手とあごだけが動いている。

マツリはいつも陽気だが、口数はさほど多くない。むしろゆかりのほうが饒舌《じょうぜつ》だが、茜の一件以来、寡黙になっている。

やがて、マツリが言った。

「森で茜に会ったよ」

ゆかりは動きをとめた。

「……なんて言った？」

「森で茜に会った」

ゆかりは飛び上がった。

「あ、茜がジャングルにいっ!!」

口からイチジクの雌《め》しべが飛び散った。

「なんで、どうして、どんなふうに!?」

「秘密で単独踏破訓練をしていたんだよ。今日中に戻らないと失格になると言ってた」

「つーことは……なんだ、つまり――」

ゆかりは眼球をめまぐるしく動かして、突然入ってきた情報を整理した。

「茜はまだ不合格になってないってこと？　あれは嘘だったの!?」

「そうだよ。ゆかりやマツリに手伝わせないように、嘘をついたね」

ゆかりはカッと赤くなった。

「あんの女狐《めぎつね》がぁ……」

ゆかりはドアに向かってダッシュしかけ、きわどく立ち止まってふり返った。

「で、茜はどこにいたの？　帰ってこれそうなの!?」

「滑走路の東の端から三キロくらい山に入ったとこでくたばっていたよ」

三キロ。ジャングルの三キロは長い。

「くたばるって——それで、あんたはどうしたのさ」

「どうもしなかったよ。すぐに別れて木の実を探したよ」

「道案内とかしなかったのっ!!」

「助けないでくれと言われたんだよ」

「……ったく」

ゆかりは憤懣《ふんまん》やるかたなく、どいつもこいつもと言いながら、けたたましく部屋を出た。

会ってどうなるものでもなかったが、一言吠えてやらないと気がすまない。

ゆかりは旭川さつきを探して、まず女子寮に走り、不在だとわかると訓練センターにまわった。階段を駆け上がり、研究室のドアを開く。

錠はおりていなかったが、ここも不在だった。

しばらくセンター内を調べまわったが、さつきは見つからなかった。

ゆかりは毒づいた。

「明日、のこのこ出てきたらただじゃすまないぞ……」

それから、自分にできることを考えた。

助けに行く……というのはだめなのか。

茜は——あいつは律義だから。まったく。

茜を、そうとわからないように誘導するとか……？

ゆかりは時計を見た。

午後五時。

今からそんなことができるとは思えなかった。

茜の体力を信じて待つしかないらしい。……信じられないけど。

もしかしたら、すぐそこまで来ているかもしれない。

ゆかりは訓練センターを出た。

陽射しはもう、黄色味をおびていた。

長い影を従えて、ゆかりは正門に歩いた。

ちょっと門の外に出るだけだから、と守衛に言って、ゲートを通る。

コンクリートの門の表側にまわったとき、ゆかりは息を呑んだ。

目の前に白衣の後ろ姿があった。

ここにいたとは。

さつきはふりかえると、戸惑った顔で言った。

「あ……ゆかりちゃん。今から、お出かけ？」

「ちょっち散歩」

ゆかりはとっさに、そう答えた。

さつきは秘密がばれていることを知らないはずだ。この優位は、維持して損はない。

だが、ここで何をしているのだ？

女狐が、しおらしく出迎えか……？

「さつきさん、誰かと待ち合わせ？」

「うん……まあね」

「オトコ？」

「さあ、どっちかな」

「言えないんだ」

「言わなきゃだめ？」

「そうじゃないけど」

会話はそこでとぎれた。

二人は五メートルほど離れてたたずみ、ジャングルのほうを見ていた。

やがて太陽が西の山腹にかかった。

ねぐらの安全を確かめあう鳥の鳴声が、森全体から蜂のうなりのように響いてくる。

遠く、樹海の上を、黒煙のようなものが流れてゆくのが見えた。

ゆかりは言った。

「あれ、コウモリだよね」

「え、そうなの？」

「夕方になると、洞窟から飛び立つんだって。マツリが言ってた」

「人を襲ったりしないの？」

「さあ」

「…………」

最後の光が、木々の梢に消えた。

「ゆかりちゃん」

「うん？」

「あのね――」

「うん」

その時、足音がして二人は同時にふり返った。

現れたのは木下だった。

「おっと……おそろいか」

少々面食らった顔で言う。

綿シャツにイージーパンツというラフなスタイルだが、髪は端正なオールバックに整えている。

「ははーん。待ち人って木下さんだったんだ」

ゆかりはそう言ってみた。

木下とさつきは素早く目配せを交わした。

「ご想像にまかせるよ」

木下はしれっと答えた。

「あたし、邪魔かな？」

「そんなことはない」

両人は、どこかへ消える様子もなく「SOLOMON SPACE ASSOCIATION」のボードにもたれている。

熱帯の太陽はほぼ直角に沈むから、日が沈むとたちまち暗くなる。ゆかりは暗いジャングルに目をこらしたが、動くものは認められなかった。

ここに来て、かれこれ一時間がたつ。

さつきは出鼻をくじかれたのか、言いかけた話を再開しようとしない。

ゆかりはしだいに、黙っているのが面白くなくなってきた。

困ったことに、怒りもおさまってきた。こちらを信用しなかったのは不快だが、知っていたら座視していられただろうか？　茜の敗者復活戦を公正にやろうとすることは、何も間違っていない。

秘密がばれていることは、むこうも薄々気づいているだろう。そうでないとしても、逢い引きの邪魔をしていると思われるのは嫌だ。

ゆかりが口を開こうとした、その時――

「ほーい、ゆかりー。茜はまだ戻らない？」

麻袋を持って現れたマツリが、あらゆる疑念と情報格差をリセットした。

「…………」

「…………」

さつきと木下が、黙ってこちらを見る。

「まだだよ」

「あと六時間あるね。大丈夫だよ」

「知ってたのか」

木下が言った。

「今日の昼、ジャングルでマツリが茜に会ったの」

木下とさつきはすばやく守衛のほうを見た。それから、すぐゆかりに向き直った。

「そうなることを防ごうと思ったんだが。嘘をついたのは悪かった」

「マツリはなんにも助けなかったよ。茜のほうで拒否したって」

「そうか」

「信じる信じないは勝手だけど」

「信じるさ」

「だけど段階ってもんがあるんじゃないかな。いきなり単独踏破なんて、きつすぎるよ」

「準備と実施に一週間かけたんだ。一般の応募者よりは丁寧に審査してるつもりだよ。この島に猛獣はいないし、トランシーバーも持たせてある。困難は大きいが、危険はそれほどでもない」

「毒蛇と毒ガエルはいるけどね」

「できるだけの予防処置はしたわ。抗生物質の注射も教えたし」

さつきが言った。

「もっともあたしは、このテストに賛成じゃなかったけど」

「僕が提案したんだ。さつきさんを恨まないでくれ」

「いいけど、もう」

ゆかりは矛《ほこ》をおさめた。吠えそこなったのは欲求不満だが、いまは茜の安否に気がそがれている。

「それで——マツリ、茜君はどこにいた？」

「滑走路の東の端から三キロくらいのとこだよ」

「会ったのはいつ？」

「昼すぎだったね」

「そうか。いいところまで来てるんだがな……」

木下は守衛室に行って、すぐに戻ってきた。

まもなく、監視塔のサーチライトが夜空に光条を突き立てた。

本部や訓練センターの向こうに見える光は、滑走路灯だろうか。

「この程度の照明はノーマルだからね。サイレンまでは勘弁してくれ」

礼など言うものか、とゆかりは黙っていたが、自分で思いつかなかったのは悔やまれた。

四人は待ち続けた。

九時をまわると、仕事を終えた向井と那須田も現れた。

向井は集まった顔触れをみると、すぐに引き返して、大きなクーラーボックスを抱えてきた。

「サンドイッチとコーラ、食堂で用意してもらいました」

一同、黙って手をのばす。

こうして出迎えているのが、なんとなく決まり悪いようだった。

ゆかりはマツリに聞いた。

「ジャングルの第一人者に聞きたいんだけど、いちばんいいルートってどこかな」

「楽するなら、まっすぐ北に出て、浜を歩いてくるのがいいね」

「そうか……」

自分のときもそうだった。海岸を東に進めば、基地の敷地にぶつかる。あとはフェンスぞいに歩けば、自然に正門に出る。

ゆかりはフェンスのほうを見たが、闇が広がっているだけだった。

「ライト、大丈夫かな」

「二時間で電池切れだ。予備は持ってない」

木下が言った。

「最終日のために温存していたとしても、もう切れてるだろう」

「今日の月の出は」

「夜半になるね」

マツリが言った。

ゆかりはカッとして、幹部勢に怒鳴った。

「せめて満月の夜にできなかったの!」

「まあまあ、ゆかり君――」

那須田がなだめにかかった時だった。

「ほい、なにか光ったよ」

「どこ!」

マツリの指差す方向を見る。

しばらくは何も見えなかった。だが数分後、六人はいっせいに反応した。

ジャングルのなかで、確かになにかが光ったのだ。

およそ半キロ先の斜面だった。

「マツリ、どうなの!?」

「左に動いたね。海岸ではなくて、山道に出るつもりだよ」

「あそこから来れそう?」

「すぐ小さな谷にかかるよ。谷を横切ればいいけど、谷ぞいに降りるのはよくないね」

「谷ぞいに行くとどうなるの」

「泥沼があるよ」

「………………」

基地の光が見えていても、たどりつけるとは限らないのだ。

あれ以来、光は見えない。

ゆかりは無宗教を棚上げにして、神に祈った。

午後十一時。

「光った!」

前回よりかなり左で、光が見えた。

「谷を越えたね」

「ほんと!?」

「あのまま歩けば道に出るよ」

「よおし！」

ゆかりは手をメガホンにして、深く息を吸った。

「呼ぶんじゃない」

木下がすかさず言った。

「これはテストなんだ。最後まで独力だ」

ゆかりはぷはっと息をはきだすと、前方の道に目をこらした。

カーブの向こう側から、黄色い光がちらちらとやってくる。

「大丈夫だよ、ゆかり。もう道に入ったね」

やがて、木々の間から、小さな人影が現れた。右手に松明《たいまつ》のようなものを持っている。

「あかねーっ!!　おーい！　こっちこっち!!」

たまらず叫ぶと、相手も松明を振って応えた。

「やたっ！　茜、やったよ！」

ゆかりは小躍りした。

オレンジのカバーオールが見える。茜はふらふらと、しかし着実に前進していた。

ゆかりはコンクリート舗装が途切れるところまで出て、バトンを待つランナーのように待ち受けた。

最後の五メートルで、茜は松明を地面に落とし、倒れるようにしてゆかりの胸に飛び込んだ。擦り傷と泥だらけの頬が触れた。

「やったね茜。やったやった」

肩を抱き、その場に座らせる。さつきが片膝をついて、すばやく診察した。

「怪我はない?」

「だ……大丈夫です」

「気分は」

「いいです、とても」

「よーし。よくがんばったわ」

「松明という手があったか。さすがだね」

「イチジクにラテックスの固まった枝があって……暗くなる前に集めました」

「よしよし――これで三人めの宇宙飛行士、誕生だな」

那須田が握手の手をさしのべた。

茜は伸ばしかけた手を、途中で引っ込めた。

「でも私、マツリさんと会って……」

茜はイチジクを見つけるまでのいきさつを話した。

「マツリ君、本当のところはどうなんだ。ヒントを与えるつもりだったのかね？」

「そんな難しい考えはしないよ」

マツリは言った。

「すばしこいツバメを見るのは楽しいね。茜にも見てほしかったよ」

「ふむ。さつき君はどう思うね」

「まあ……マツリちゃんが言うと、嘘に聞こえないんですけどね」と、苦笑する。

「そういうことだ」

那須田は茜に言った。

「君は合格したんだよ！」

「あ——ありがとうございます！」

「明日からみっちり訓練するからね」

さつきが言った。

「その根性があるなら、八Gくらいはいけるよね？」

「それは……まあ……」

「期待してるわよ」

そう言って、さつきはぱっちりとウインクしたのだった。

一週間後。訓練センター、トレーニング・ジム。

男子禁制――というわけではないが、男が入る時は慎重さが求められる部屋である。ここではしばしば、飛行士たちがあられもない姿で訓練や測定を受けるのだった。

この日もさつき、ゆかり、マツリと、女ばかりがいた。飛行士の二人は宇宙服姿だった。

ほどなく、別室のドアが開いた。

「じゃ～～ん。できたよ～～」

化学主任の三原素子《みはらもとこ》に手を引かれて現れたのは、真新しいスキンタイト宇宙服に身を包んだ茜。

ゆかりやマツリのようにグラマラスではないが、そのほっそりした肢体はいかにも可憐《かれん》だった。そのうえ宇宙服は無重量状態の体型変化にあわせて成形されているので、脚はスリムに引き締まり、バストもヒップもアップする。

「ほぉ～。いいじゃん」

「素敵よ、茜ちゃん。若い頃のコマネチみたい」

「ほい、これで茜もヒクテアマタだね」

「は、はあ……」

茜は顔を真っ赤にして、胸と下腹部を手で覆っていた。

「そうやってると、よけーやらしく見えるんだよ」

ゆかりは言った。

「バーンと開き直っちゃえば、自分も相手も慣れるからさ。つまるとこ、やらしさってのは非日常性なのよ」

「でっ、でもなんか……裸で歩いてるみたいで」

消え入るような声で言うと、素子がビン底眼鏡の下でくふふと笑った。

「裸みたいなら上出来かな〜〜。第二の皮膚だからね〜〜」

宇宙服は素子の職人芸で造られており、新調のたびに着心地はよくなっている。コクピットに着席した姿勢が最も楽なのだが、立って歩いても、ウェットスーツ並みの柔軟性があった。

ノックの音がして、那須田の声がした。

「入っていいかね?」

「どうぞ」

背広姿の那須田は、茜をまじまじと見て、ポンと手を打った。

「よおし! どこから見ても一人前のアストロノーツだ!」

「そんな……恥ずかしいですぅ」

「だからそのポーズだとよけい恥ずかしいんだってば」

「見た目がどうあれ、君にはこれがある」

那須田は茜に、薄い手帳のようなものを手渡した。

「宇宙飛行士用のパスポートだ」

「わあ……」

開くと、ラミネート加工された顔写真があり、その横にASTRONAUT AKANE MIURAとある。次のページには「この人物は日本政府およびソロモン諸島政府が承認した宇宙飛行士であり、各国関係機関の援助を求む者である」という文句が十か国語で書かれていた。

「それさえ持っていれば、およそ世界中どこへ降りても君の人権は保障されるんだ」

「うわー、やっぱり宇宙飛行士ってすごいんだ」

「人のいるとこに降りればの話だけどね」

ゆかりがまた茶々を入れた。

「こないだみたいに街の真ん中に降りるなんて、もう二度とないと思うな」

第三章　オルフェウス救出ミッション

ACT・1

「なんだって？　ヒューストン、もう一度言ってくれ」

クリアに聞き取れはしたのだが、ノーマン・ランドルフは認めたくない気分だった。

『オルフェウスの姿勢制御スラスターのひとつにトラブルがある。二つのセンサーが異状を伝えているんだ』

「ここで修理しろというのか。探査機本体のスペアパーツはないんだぞ」

『故障したまま発進させるわけにもいくまい』

ノーマンは宇宙服の外からは見えないしぐさで、肩をすくめた。

「手順を教えてくれ」

あまりだだをこねると評価がさがる。へたをすると二度と宇宙に出られなくなる。

ノーマンはそう考えて、さからわなかった。

スペースシャトルの乗員となって宇宙に出るまでに五年かかった。今回が三度めの宇宙で、船外活動はこれが初めてだった。NASAでの宇宙飛行は生涯に三度が目安とされている。それで終わりにしたくなければ、忍耐することだ。

『動かすぞ、ノーマン。いいか』

キャビンから、ゴードン・クレニックが言う。

ノーマンは昆虫の脚のようなRMA——遠隔操作アームの先端に足を固定している。

ゴードンはそのアームの操作担当だった。

「やってくれ」

ノーマンの体は三メートルほど持ち上がり、反動で小さくゆれながら止まった。

ペイロードベイの床が遠ざかり、シャトルの両翼が視界に入る。その向こう側には、青い地球が流れていた。

目の前には、オルフェウス無人探査機の本体があった。

本体の下に、探査機を冥王星まで押し出すための上段エンジンがある。

探査機とエンジンの結合体は、ペイロードベイの中央に大砲のようにそびえ立っていた。

どこをとっても、堂々とした眺めだった。

今後、このような大型探査機が計画されることはまずないだろう。

探査機は年々小型化し、小型の無人ロケットで打ち上げられる傾向にある。今回のようにシャトルで低い軌道に運んでアンテナ類を展開させ、念入りに点検してから惑星間空間に送り出す方式は、あらゆる面で制約が大きすぎるのだった。

オルフェウス計画は、人々がまだスペースシャトルに薔薇色の夢をいだいていた時代にスタートした。

シャトルの運用が始まってまもなく、そのコストや運用効率の悪さが表面化してきた。そして八六年に起きたチャレンジャー爆発事故がすべてを変えた。スケジュールは大幅にキャンセルされ、安全性の見直しが徹底的に行なわれた。

オルフェウスはその影響をもろにうけ、長らく〝積み残し〟になっていた荷物だった。

ヒューストンの指示にしたがって、ノーマンはオルフェウスの表面を覆う、金色のサーマルブランケットをはがしにかかった。

地上でなら封筒を破るより簡単な作業だが、ここでは難事業だった。宇宙用の手袋は何かをつまむだけで三十キロもの握力がいるうえ、生地《きじ》が厚いので触感が得られない。そして足場は、釣竿《つりざお》の先のようにぐらぐらしている。

どうにかブランケットをはがし終えると、ジュラルミンの筐体《きょうたい》があらわになった。

ノーマンは工具ポケットからアーレンキーを取り出して、ビスをゆるめにかかった。部品を宇宙の迷子にしないよう、慎重に左手をあてがう。

八本のビスを外すのに四十分かかった。

パネルを開くと、奥のほうにヒドラジンを通すチューブが見えた。その横に、コントロールバルブの複合体がある。大きさはポータブルラジオぐらい。

あれを外せというのか……。

バルブにつながった配管と電線の束を見て、ノーマンはうんざりした。

「ボトルシップを組み立てたことがあるかい」

誰にともなく言ってみる。

「そんな気分だ」

『やりとげれば君は英雄だ』

船長のウェイン・バークハイマーが言った。

そう――その通り。軌道上のトラブルこそ宇宙飛行士の最高の見せ場だ。国民はそのニュースを聞いて、やはり宇宙に人を送ることには意味がある、と思い直すのだ。

三時間かけて、ノーマンはバルブを取り外した。左手でバルブをつかみ、体に押し付けるようにして抱える。あとは船内に持ち帰り、詳しく調べればよかった。

ほっとした思いで、ノーマンは言った。

「終わったぞ。エアロックまで運んでくれ、ゴードン」

『これで再選まちがいなしだな』

足場にしていた遠隔操作アームが動きはじめた。

ノーマンは手違いに気づき、鋭く言った。

「おい、そっちはだめだ！」

インカムを通して、ゴードンが毒づくのがわかった。

ノーマンを乗せたアームは、宙に張り出した探査機のアンテナのひとつに衝突しようとしていた。慣性が大きいので、アームはすぐに止まらない。

ノーマンは体をかがめてやりすごそうとした。

かさばった宇宙服で大きな動きをするには渾身《こんしん》の力が必要だった。

そして一瞬、左手でつかんだものへの注意がそれた。

アンテナをかわすことには成功したが、バルブが手から離れた。それはくるくると回転しながら、探査機のエンジンに向かって漂流した。

バルブは外板に触れて方向転換し、探査機とエンジンの隙間にもぐりこんだ。

「くそっ、なんてこった！」

『すまん、ノーマン。大丈夫か？』

「こっちは問題ないが、バルブを流しちまった。探査機とエンジンの連結部分に入ったのが見えた」

『わかった。どうすればいい』

「もう少し探査機に寄せてくれ。あと三フィートだ」

『オーケイ。こんどはちゃんとやってみせる』

足場が寄ると、ノーマンは連結部分を覗き込んだ。

そこは直径三メートル、幅五十センチの狭い谷間だった。エンジンは探査機を惑星間軌道に乗せたところで切り離される。そのための成形爆薬を仕込んだリングがあり、それにつながるフレームが複雑に交差してジャングルジムのような空間を作っている。

ライトで照らしてみると、奥のほうにバルブが引っかかっているのが見えた。

「あったぞ……届きそうだ」

ノーマンは隙間に腕を入れた。やってみると、とても思い通りにはいかなかった。宇宙服の腕はもとの三倍に着膨れているうえ、関節も自由にまげられない。

どうにかバルブに手が届いたが、触れたのは指先だけで、これが致命的な失敗になった。逆にバルブを奥に押し込んでしまったのである。

「ちくしょうめ！　こんどはタンクの隙間に入っちまった！」

『すぐに取り出せそうか？』

船長が聞いた。

「まってくれ……いや、すぐには難しいようだ」

『わかった。いったん船に戻れ。なあに、方法はいくらでもあるさ』

ACT・2

「おーい、音。もっと音」

離れた席で、そんな声がした。

ゆかり、マツリ、茜の三人は昼食をとる手を休めて、声のした方を見た。

食堂中の視線が、壁のテレビに集まっていた。

いつもCS放送を受像しているテレビで、今はCNNのニュースらしい。

「なんだろ？　うちかな？」

「ほい、行ってみよう」

三人は席を立ってテレビのそばに行った。

映像はスペースシャトルから送られてきたものだった。アッパーデッキの後部観察窓から撮影したもので、宇宙飛行士が二人、ペイロードベイ中央の装置にとりついているのが見える。

女性アンカーマンの声がかぶさる。

『……以来、今日で三日目。オルフェウス探査機の隙間に入り込んだ部品は、まだ取り出せません。機体をゆすったり、マジックハンドを使うなどの試みが実施されましたが、すべて失敗に終わりました』

「げー、まだやってたかー」

ゆかりが声をあげると、前にいた作業服の男が振りむいて言った。

「そろそろ出番かもよ、ゆかりちゃん」

「まさか」

「いやいや——」

『部品を取り出すためには探査機のエンジン部分を分解しなければならず、それは軌道上では不可能とのことです』

「上のほうはもう動いてるぜ。昨日からVABがブースターのアセンブリに入ってる。まだ準備の準備って段階だけどな」

「あの、出番って、SSAがあそこに出張するんですか？」

茜が聞いた。

「そうさ。あんたらだったら体ごと入れるだろ？　あんな隙間ならさ」

茜はもう一度テレビを見た。

「どうかな……きわどいとこかも」

　この一か月に数回、茜はプールで船外活動の訓練を受けている。宇宙服を着てバックパックを背負い、適量のバラストを身につければ、水中は無重量状態に近い環境になる。その状態で人工衛星に見立てた機械を組み立てたり、分解したりするのだった。

『滞在延長はあと三日。それまでにできるだけのことをするとNASAは発表しています。しかし最悪の場合、オルフェウス探査機を積んだまま地上に引き返すことになるでしょう』

「そうなったらオルフェウスもおしまいだな」

　作業服の男が言った。

「でも、また打ち上げられるんじゃ」

「甘いって、茜ちゃん」

　男はひらひらと手を振る。

「シャトルのスケジュールなんて十年先まで埋まってんだから。で、探査機のほうは組み立ててから十年近くもお蔵入りしてたんだぜ。次に番がまわってくるまで部品が保《も》つかどうか、わかったもんじゃないよ」

「もったいないですね……」

「それ言ってちゃ宇宙開発なんかやれないよ。俺なんか補助ブースターのシールやってっけど、全工程四か月だぜ。それを二分間で使い捨てるんだもんな」

「そうですか……知りませんでした」

茜がしんみりと肩をおとすと、作業員は言った。

「あ、俺のことだったらいいんだぜ。使い捨てるにゃ理由があるんだしさ。ああいう一発勝負のモジュールってのは領収試験もできないだろ？　腕のみせどころってわけよ。ま、あんたらは大船に乗った気で命あずけてくれりゃいいのさ」

なにカッコつけてんだよ、と仲間がひやかす中、茜はぺこりと頭をさげた。

三人は席に戻って、食事を再開した。

ゆかりは白身魚のムニエル、マツリはオムレツ、茜はタコのマリネを選んでいる。

三人とも主食はライスだった。基地には現地採用の従業員もいるが、大半は日本人なので、メニューは和食が多く取り入れられている。

「茜って小食だね。そんなんで足りる？」

「ほんとはもうちょっと食べたいんだけど、三時からアレだから……」

「ああ、アレね」

遠心機の訓練である。

学科や操作手順の習得は順調なのだが、ただひとつ、Gに弱いのが茜の急所だった。

「どお？　だいぶ慣れた？」

「ううん。八Gだとまだ五秒が限界なの」

「五秒保てばいいじゃん。本番はそんなもんだよ」

「でも、本番だと振動が加わるから、もっと余力がなきゃだめだって、さつきさんが」

「たしかにガタピシ揺れるけどね」

「それに、打ち上げはともかく、再突入の高Gは長く続くから……」

茜はため息をついた。

「大丈夫、初飛行まで五か月あるんだから、きっと慣れるって」

「寝ていればいいよ。起こしてあげるね」

マツリが能天気に言う。

「マツリさあ、どーでもいいけど口のまわり拭きなよね。ケチャップだらけだよ」

「ほい、あとで拭くよ」

「ついたときに拭くの。それが文明人ってもんなの」

「文明人はたいへんだね」

「たいへんでいいの」

「ほい」

「あの、前から思ってたんだけど……」

茜が言った。

「マツリの『ほい』ってどう解釈すればいいんですか？」

「ないわよ、解釈なんて」

ゆかりは言下に決めつける。

「『バケラッタ』と同じこと」

「ばけらった？」

「知らないか。じゃあ『くぴぷー』とか」

「それもちょっと……」

「茜さ、マンガとかアニメとか見ないで育った？」

「ええ。子供の頃、美容院でぱらぱら読んだきりで」

「そーかぁ……」

説明に窮して、ゆかりはマツリに向かった。

「あんたから説明しなさいよ」

「ほい？」

「話、見えてる？」

「ほい」

「これよこれ。こうやって何もかもうやむやに過ぎてくの」

ゆかりは肩をすくめた。

「これが南太平洋なのよ。椰子《やし》の木三本で一生遊んで暮らせちゃう民族なのよ」

「はは……」

茜は苦笑するばかりだった。

そんな三人の昼休みは、構内放送で打ち切りになった。

『宇宙飛行士は至急ブリーフィングルームに集合してください。繰り返します。宇宙飛行士は至急ブリーフィングルームに集合してください』

ACT・3

部屋には那須田、木下、さつきの三人が待っていた。ラウンドテーブルの対面に着席すると、那須田が言った。

「さっそくだが、緊急ミッションを実施することになった。打ち上げは明朝十時三十四分。オービターはマンゴスティン、船長はゆかり、MSは茜。マツリは地上でバックアップだ」

一瞬の沈黙。

それから本人が、おそるおそる聞いた。

「ミッション・スペシャリスト……茜って言いました？」

「そうだ」

茜はあんぐり口を開いた。

「わた、私がもう――フライトですかっ⁉」

那須田は深々とうなずいた。

「そうだ。予定よりずいぶん早いが、いよいよ初飛行だ」

「どうして――」

「その前にミッションの内容を説明せねばならないが」

「オルフェウスですか」

ゆかりが言った。

「そうだ。あの不運な冥王星探査機の発進を支援する。故障を起こしたパーツのスペアは現在空輸中だ。明朝には届くだろう。そのパーツをシャトルに届けるとともに、隙間に入り込んだほうを回収する――これが今回の任務だ」

那須田は三人の顔をにらんだ。

「NASAの失態を我々が収拾し、高度な船外活動能力をアピールする。これは願ってもないチャンスだ」

「ついでに新人の茜をＮＡＳＡに売り込もうってわけですか」

「そういうことだ。ＳＳＡにもＭＳがいることを見せるんだ。茜君には船外活動をして部品を回収してもらう」

「無理です、できません！」

茜が叫んだ。

「訓練期間は六か月なのに、一か月で本番なんて！」

「訓練プログラムは単独飛行を目標にしたものだ。今回はゆかり君がいる」

「足を引っ張るだけです！」

ふーむ……。

那須田の強引さには慣れているが、いきなり茜を起用するとは思い切ったものだ。

ゆかりはさつきの顔をうかがった。

茜の起用には反対したのだろう。それごらん、という顔をしている。

「飛ぶ前からしこりは作りたくない。君たちの意見を尊重しよう。どうしてもと言うなら、マツリ君に代えてもいい。どうだね、ゆかり君」

茜が気遣わしげな顔でこちらを見た。

「無理だと思うかね？　茜君には」

「いいえ」

ゆかりはきっぱり言った。

「楽勝よ」

「ゆっ、ゆかり――」

茜があわてるのを、ゆかりはさえぎった。

「大丈夫。あんたなら絶対楽勝」

「でも私、明日いきなりなんて、とても――」

「いいの！　あたしが連れてくってゆってんだから！」

「でも……」

「宇宙、行きたいんでしょ？」

「それは……そうだけど」

「チャンスは逃しちゃだめ。ＳＳＡなんて吹けば飛ぶような団体なんだ。一度でも大事故があったらお取り潰しなんだ。だから行ける時に行かなきゃだめ！」

「う……」

茜は目を白黒させて、ゆかりの言葉をのみこんだ。

ゆかりの論理も、強引さでは那須田にひけをとらない。

さまざまな思いが脳裏を横切るのが、外から見ていてもわかる。

葛藤すること六十秒。

茜は言った。

「私——行きます」

「よおし！」

ゆかりと那須田の声がハモった。

これであたしの肩の荷も下りるってもんだわ。

ゆかりは思った。

まず一回飛ぶんだ。それからどうするかは、あんたが決めることだ。

ゆかりは那須田に言った。

「にしても、あのNASAがよくそんな依頼してきたもんだね。ステーションには近寄らせもしないってのに」

「依頼なんか来るもんか。こっちから頼み込んだんだ。出血大サービスの成功報酬で」

「やっぱしか」

ゆかりはため息をついた。

いまさら驚きもしないが——SSAはこの男の野心で動いているのだ。

「でもってあたしらは、ろくな訓練もなしに飛ぶわけね」

「今からやるさ」

木下が言った。

「どうやって？　これからガルちゃんに乗ってヒューストンと往復？」

「そうしたいが時間がない。かわりにＣＧで状況をつかんでもらう」

「コンピュータ・グラフィックスで？」

「迷路ゲームだと思えばいい。ＮＡＳＡからデータを取り寄せてある。夜までみっちりやるぞ」

ACT・4

スペースシャトル・アトランティスは、インド洋上空で五十七回めの夜を迎えていた。

船内時間では昼になる。シャトルのクルーはミッドデッキに集まって、昼食にとりかかっていた。

フリーズドライされたスープの袋に湯を注入し、もみほぐして吸い込む。

機嫌のいい者はいなかった。

宇宙食には覚悟も経験もあったが、不毛な作業を四日も続けていると、せめて食事くらいはなんとかならないか、と言いたくもなる。

「本当に明日、来るのか？　〝ガールズ〟は」

ノーマンが言った。

「ランデヴーだけでも一日はかかるんじゃないのか、普通」

「打ち上げて軌道一周したら即トランスファーに入るそうだ」

船長が答える。テストパイロットあがりの、沈着な男だった。

「どんな手品を使うのかしらんが、連中の軌道投入は恐ろしく高精度だ」

「そして、あそこへ潜り込むのか……」

「この目で見るまでは信じられないな」

パイロットのルイス・クリーガーが言った。

「テレビで見たが――いまだに特撮じゃないかって思ってるんだ。それも十六の女の子だぞ。まるでアニメだよ」

「アニメ……？」

「日本のアニメーションさ。いつも女の子が活躍するんだ。帰ったらテープを貸してやる」

「なんにせよ、心の準備をしておかないとな」

船長が言った。

「なにがです？」

「万一――ガールズがやりとげた時のことさ」

「……」

クルーは、互いの顔をうかがった。宇宙をめざして、厳しい競争に勝ち残ってきた男たちだった。敗北には慣れていない。

やがて、ノーマンが言った。

「俺は、それでもかまわん。すべてが失敗に終わって、オレアリー博士に会うことを考えるとな」

誰も答えないので、ノーマンは続けた。

「あの人のことだ、俺たちをとがめたりはしない。『君たちはよくやってくれた。チャンスはまだあるだろう』と言うだろう」

ノーマンはチキンスープの袋を握りしめ、力まかせにディスポーザーに投げ込んだ。

大きな音がした。

ノーマンは吐き出すように言った。

「……くそっ、そんなことがあっていいもんか！」

ACT・5

翌朝五時、三人の宇宙飛行士はさつきのモーニング・コールで起こされた。

茜は正式採用されてから、ゆかりたちと同じ、基地内の宿舎に引っ越している。それぞれ個室をあてがわれ、部屋は二階の端からゆかり、マツリ、茜の順に並んでいた。

「ほーい、ゆかりー、朝だよー」

身支度をしていると、ドアの外でマツリが呼んだ。マツリはいつも早起きで、二人を起こしてまわるのが日課だった。

部屋を出ると、茜もいた。

「おはよう。茜、眠れた？」

「なんか、ぐっすり眠れちゃいました」

「ほー、茜はけっこう図太いね」

「疲れてたんだよね」

熟睡したといっても四時間である。とても満足ではない。

宿舎を出て、朝日に目を細めながら、食堂に向かう。

「そうか。馬鹿に静かだと思ったら、プレスがいないんだ」

昨日の今日では間に合わなかったらしい。

「いつもはもっといるんですか？」

「まず宿舎の玄関で記者会見よ。まだメシも食ってないのにさ」

「いまにじゃんじゃん飛行機でやってくるよ。所長さんはプレス好きだね」

マツリが言った。

食堂に入ると、三人はトレイを持たずにカウンターに言った。

「おばさーん、スペシャルお願い」

「はあい、できてるよ」

トーストと卵とココナツミルクの載ったトレイを渡される。厳重に衛生管理された宇宙飛行士用の特別メニューだった。もう一、二品ほしいところだが、食べ過ぎるとろくなことにならない。

「がんばってきてね」

「うん」

「茜ちゃんも、初飛行がんばって」

「はい、がんばります！」


食事が終わると、三人は訓練センターで診察を受けた。体温、血圧、心拍、尿――

さつきは手早く診断書を書き上げて言った。

「よし、三人とも問題なし。マツリちゃんは管制センターに入ってちょうだい。二人はここに残って」

　さつきは所長室に電話した。

「ゆかり、茜ともゴーです」

　短く言って受話器を置くと、さつきは二人の浣腸にかかった。下から冷水を注入して、大腸をすっかり空《から》にする。これで当分「大」の心配はなくなる。

　それから本番用の宇宙服を装着し、髪をまとめた。

「ゆかりもマツリも髪長いけど、邪魔にならない？」

　茜が聞いた。

「長いとさ、かえってまとめやすいでしょ」

　ゆかりは髪を二つに結《ゆ》ってゴムでとめ、ヘアスプレーをかけた。

「ショートはショートでいいけどね。要はアダプターリングに髪がかまなきゃいいの」

「そうか……」

「どれどれ」

　ゆかりは茜に向き直ると、その髪を整え、おくれ毛をカットした。

「いいね、茜の髪。細くてさらさら」

「うん。ほっといても平気なの」

「けど、このまま上に行ったら開いちゃうよ。目つむって」

　ゆかりは念入りにヘアスプレーをかけた。

それからヘルメットをかぶり、宇宙服の気密チェックを済ませて、準備は終わった。部屋を出るまぎわになって、茜は立ち止まった。

「あの……すみません、ちょっと——いいですか？」

許しを得ると、茜は実家に電話した。飛行のことはすでに通知されているが、昨夜から余裕がなかったので、まだ自分では話してなかった。

『三浦っす』

出たのは四歳年下の弟だった。がらがらした声が、離れていても聞こえる。

「あ、秀人《ひでと》？　私」

『ねーちゃん、タイミング最悪〜』

「え？」

『父ちゃんと母ちゃん、いまさっき神社行ったよ。お参りするって』

「あ……そう」

『テレビとかでやんねーの？　初飛行だろ』

「ううん、急だから、間に合わなかったみたい」

『父ちゃんたち、じき戻るよ。また電話する？』

「これから発射台だから、もうできないの。元気に出かけたって言ってくれる？」

『おー』

「じゃあ……秀人、勉強みてあげられなくてごめんね」

『いーよ、俺、要領いいから』

「そう。じゃあ……もう行くから」

『おー。いってら〜』

茜はそっと受話器を置いた。


さつきに先導されて訓練センターの玄関を出ると、広報部のカメラマンと那須田が待っていた。

「ゆかり君。那須田は二人を値踏みするように見た。現場の判断はまかせる。息の合ったところを見せてくれ」

「まっかせて」

「茜君。急な任務で不安だろうが、できないことを頼みはしない。記念すべき初飛行だ。楽しんでこい」

「はい！」

「よおし！」

眼鏡の奥で、那須田の目が光った。

「二人でNASAの鼻をあかしてこい！」

面白い、やったろーじゃんか。

ゆかりもその気になった。

さつき、ゆかり、茜の三人は保安部の車に乗って、発射台に向かった。

二キロの道のりを走る間、発射台はずっと見えていた。その高さは、気象観測塔まで含めると四十メートルになる。ロケットにはすでに液体酸素が注入されていて、その白い蒸気がたなびいていた。

ロケットの先端までは二十七メートル。

そのうち二十メートルはＬＳ－６メインブースターがしめている。

メインブースターの左右には二基の固体ブースターがつく。固体ブースターは打ち上げの最初の段階で、ロケットを地面から引き離すのに使われる。

ロケットは自重と同じ推力で押しても、燃料を浪費するばかりで上昇しない。より大きな推力で機体をすみやかに大気の薄いところまで運ぶのが、固体ブースターの役目だった。

固体ブースターが切り離されると、その先はメインブースターが主役になる。こちらは細く長く燃焼して、推力よりも速度をかせぐ役割が大きい。

この頃には高度も六十キロを越えている。飛行姿勢は水平に近いし、空気抵抗もわずかなので、推力が弱くてもさほど損はしない。それよりも、より少ない燃料で効率よく加速することが重視される。

とはいえ、ブースターは燃焼とともに軽くなるから、加速度はどんどん上がる。燃焼終了まぎわには八Gにもなり、打ち上げ中で最大の加速になる。

この時が、茜にとっては第一の試練だった。

発射台の横で車を降りる。少し立ち止まって、そびえたつロケットを見た。

それから、三人でエレベーターに乗る。

地上は無風だったが、二十メートル上がったところは、少し風が吹いていた。

足元から細い橋がのびており、その先にオービターがあった。

さつきが言った。

「二人とも、気分はどう？」

「問題なし」

「いいです」

「それじゃ、がんばって」

「はい」

「行ってきまーす」

ゆかりと茜は、橋——ボーディングブリッジを歩いて渡った。

オービターのハッチを開き、あおむけの姿勢で座席にもぐりこむ。

ゆかりは左、茜は右。座席はそれぞれの体型に合わせて成形され、そこへ体をはめこむ形になる。

宇宙服のコネクターにケーブルをつなぎ、肩、胸、腰、膝を八本のハーネスで固定する。動くのは頭と両腕だけになった。

重要なスイッチ類の位置を確認し、電源のマスタースイッチを入れる。

空調装置ON。室内灯ON。

ハッチを閉めて外界から隔離されると、もう宇宙に片足をおいた気分になった。

二人は顔を見合わせた。

「いよいよだね」

「うん」

声は小さかったが、茜の気力は充実しているようだった。軽く深呼吸して、眉をひきしめ、計器盤に視線を戻す。

「うん、おんなじだ」

茜はつぶやいて、言い直した。

「プロシージャ・シミュレーターとおんなじだね。何もかも」

「そう。加速は遠心機と同じだし、眺めもおんなじ、交信内容もおんなじ。ちがうっていったら――」

「行ってみないとわからない？」

「そそ。行ってのお楽しみ」

ゆかりは通信機のスイッチを入れた。

「ソロモン基地管制、こちらマンゴスティン。感度いかが」

『ほーい、ゆかり、感度良好だよ』

陽気な声が返ってきた。基地側の交信は、原則としてバックアップの宇宙飛行士が担当する。同じ訓練を受けているので、「あ・うん」の呼吸で意思が通じるからだった。

マツリは、あれで仕事はちゃんとやるから、ゆかりは結構信頼していた。ジャングル暮らしをやめてわずか三か月で単独飛行をしたからには、頭も悪くないはずだ。

イベントクロックはTマイナス一時間五十四分。

ゆかりはチェックリストを開き、ボールペンを持って読み上げにかかった。

「一、火工品セイフティ・ピン」

茜が状態を確認して、返答する。

「ロック」

「二、姿勢制御ハンドル」

「ロック」

「三、アボート・ハンドル」

「ロック」

こんなチェックを打ち上げまでくりかえす。宇宙飛行士を退屈させないため、という噂もあるが、ゆかりは手を抜かないことにしている。

自分たちでしたチェックは、誰かのチェックを信じるよりいい。

船内でチェックできる範囲は限られているが、やれるだけやっておけば、その範囲は自分で太鼓判が押せる。そして、あとは天命を待つのみ――という心境になれば、恐怖心を飼い慣らすことができる。

今回で五度めになるゆかりでも、やはり打ち上げは恐い。

三メートル下には戦術核兵器に匹敵する爆発物があり、自分たちを数分でマッハ二十六に加速する。空軍の戦闘機パイロットでさえ未知の領域に、スクーターも運転できない娘が挑むのだ。恐れをいだいたとして、誰が笑おう。

ゆかりはときどき目を上げて、茜の様子をうかがった。

茜はきびきびと、読まれた項目をチェックしている。

よしよし、ちゃんとやってる。

まあ、この子はまだいい。自分が初飛行するまで、ＳＳＡのロケットは打ち上げのたびに爆発していたのだ……。

Ｔマイナス三十五分。

外から、ごーん、という音が響いてきた。

茜ははっとして、耳をそばだてた。

「……なに？　あの音」

「移動整備塔が離れたの。順調に行ってる証拠だよ」

「そうか。ちょっとびっくりしちゃった」

「こういう音はシミュレーターにないもんね」

船内のいろんな物音を、ゆかりは説明した。

「ジージーゆってるのは電源のインバーター。シャリシャリ鳴るのは液体酸素タンク。ときどきコーンって鳴るのも低温系で、問題はないんだって。あと風音はベンチレーターね」

「へええ……」

「打ち上げのちょっと前に液体酸素タンクを加圧するでしょ。そんときも結構、神経にさわる音するよ。チリチリ、メリメリって」

「五感、駆使してるんですねー」

「駆使ってわけじゃないけど。勝手に聞こえてくるから」

尊敬のまなざしで見られて、ゆかりはそう答えた。

Tマイナス十五分。

カウントダウンは順調に進み、はたしてチリチリ・メリメリが聞こえてきた。

「LOXタンク、プレッシャー正常」

『システムはすべて調子いいよ、ゆかり。茜のプレッシャーはどう？』

ゆかりがうなずくと、茜が答えた。

「マツリ、私は大丈夫。とってもわくわくしてるの」

『ほい、それはいいねー。心がしっかりしていれば、悪い精霊は寄りつかないよ』

「うん、ありがとう」

Tマイナス五分。

打ち上げ五分前。もう船内は多くの装置がアクティブになって、さまざまな音が混然一体となっている。二人はヘルメットの気密バイザーをおろし、インカムを通して会話していた。もう、あまり私語はしない。

『フライトコントロールデータ、チェック』

「コントロールデータ、異常なし」

『時計動作チェック』

「時計作動中」

『ＡＰＵスタンバイ・スイッチＯＮ』

「ＡＰＵスタンバイ、ＯＮ」

　Ｔマイナス三分。

『アクセスアーム収納。発射台、注水開始——通話音量、プラス二』

「通話音量、プラス二」

　離昇中の轟音にそなえて、通信機の音量を上げる。発射台の底を滝のように流れる水音が聞こえる。

「どうやらほんとに上がるね。ここまで来たら上がるよ、普通」

　ゆかりは言った。茜は答えず、うなずくのみ。

『酸素逃がし弁閉鎖。離昇圧力』

「マンゴスティン、全装置正常」

　Ｔマイナス六十秒。

『内部電力に切り替え。オービター電圧チェック』

「電圧、異常なし」

　Ｔマイナス二十秒。

『固体ブースター、ＡＰＵスタート』

「APUスタート。作動音確認」

　Tマイナス十四秒。

「さあきたぞ。全装置正常」

『ゆかり、茜、打ち上げはゴーだよ。Tマイナス十―九―八―七――メインブースター点火――四―三―二――固体ブースター点火』

　オービター全体がゆらり、と揺れた。固体ブースターの打ち出す衝撃波が、高い可聴音となって船を包み込む。発射台の固定ボルトが吹き飛び、ロケットは解き放たれた。

　体が沈み込む感覚。

『ランチサイトクリア――マンゴスティンはいま離昇したよ』

　マツリが何事もなかったように告げる。

　ゆかりは最初の報告を送った。

「こちらマンゴスティン、快適に上昇中。――茜、はじまったよ」

「はい」

　かすれた声で、茜はそれだけ言った。

　窓の外には空しか見えない。

　速度は暴力的に上昇してゆく。重量がスペースシャトルの十分の一しかないSSAのロケットは、ミサイルのように急激に加速する。

船内の振動が刻々と高まってきた。

宇宙から見た大気圏は紙のように薄いが、ロケットの最初の難所はこの中にある。それは空気抵抗との戦いだった。最大動圧――マックスQと呼ばれるポイントの前後で、ロケットは雹《ひょう》に打たれたように振動する。それはTプラス六十秒、高度一万メートル弱にさしかかる頃だった。

『ゆかり、茜、そろそろマックスQだよ』

「ぜっ、全装置正常」

振動で舌を噛みそうになりながら、ゆかりは短く答えた。

「いっ、生きてるっ？　茜」

「え、ええ」

「Gはしれてるよ。揺れは、じき、おさまるから」

「ええ、ええ」

一分ほどこらえると、振動は峠をこえた。

「マックスQ通過。全装置正常」

『よかったね、ゆかり、茜』

よかったね、なんて言うなよ、と思いながら高度計をにらむ。

高度はもう三十キロを越えている。仰角は約四十五度になり、二人は背面飛行の姿勢になっていた。だが、逆さ吊りになっている実感はない。地球が頭上にあるだけだ。

「窓の外、海が見えるよ」

「ああ、ほんと。真っ青」

「まだ平気?」

「なんとか」

Tプラス百四十秒。高度六十八キロ。

こーん、という音がして、固体ブースターが切り離された。

「SRBセパレーション点灯」

「くっ」

茜が小さくうめいた。固体ブースターが分離した直後、Gが急増するのだった。

『固体ブースター、セパレーションはうまくいったよ』

だから、うまくいったなんて言うなよ。

茜のうめきが聞こえたのだろう。マツリはさらに余計なことを言った。

『茜、勝負はこれからだよ』

「え、ええ……」

懸命に声を絞り出した。胸が苦しげに上下している。

「マツリ、当分茜に話しかけないで」

『ほい、すまない』

オービターの先端についている緊急脱出ロケットが切り離された。

Tプラス二百六十秒。高度百七十キロ。

もう四Gを越えている。ゆかりも体の自由がきかなくなった。

することは計器の監視のみ。報告は任意でかまわない。

四・五G……五G……六G……七G……

「もうちょっとの辛抱だからね……」

八G——そしてふいに、体重が消失した。

「メインブースター燃焼終了」

乾いた音がして、メインブースターが切り離された。ブースター側の小型モーターが逆噴射し、オービターとの間隔を引き離す。

「MBセパレーション点灯」

『メインブースター、セパレーション。うまくいったよ、ゆかり、茜』

「うまくいったともさ。マンゴスティン全装置正常。えー、ちょっち交信中断」

念のため、ゆかりは通信機を「垂れ流し」から「プッシュ・トゥ・トーク」に切り換えた。音声が地上に送信されないようにして、茜に話しかける。

「茜、着いたよ。ほら……」

返事がない。

ゆかりはハーネスを解いて、ヘルメットの奥をのぞきこんだ。

天使のような寝顔だった。

やっぱしか……。

バイザーを開き、頬をつつく。

「茜。……茜、起きて」

「う……ん…ゆかり……」

うっすらと目を開く。

「おはよう茜。宇宙だよ」

「……」

茜は大きく息を吸い、まわりを見回した。

両手を顔の前にかざす。手は漂うように浮かんでいる。

茜は弾《はじ》かれたように顔を上げて、窓の外を見た。

「海!……それに雲……」

これが第一声だった。

「雲のへりが虹色……そか、スコールなんだ！　スコールって、上から見ると虹なんだ！

うわあ……」

まるで、初めて電車に乗った子供だった。

「どう？　きれいでしょ」

「すごいね、ゆかり……地球って、きれいなんだねー」

茜は目を輝かせて言った。

「でしょでしょ」

ゆかりは満足げに言った。

来ちゃいましたで正解だったよ、茜。

ここに来れば、ネリ女のことなんか、どうでもよくなってくるんだ。

あそこを呪ったのは不覚だったけど、一度で充分だ。

「でも、ほんとに感動なのは船外活動のときだよ。その前に基地のみんなを安心させてやらない？」

「あ、そうね」

「交信記録に残るから、気絶してたことは言わなくていいよ。どうせ医学モニターでばれてるからさ」

「……そうか」

茜は悄然とした。

「やっぱり気絶しちゃったんだ……」

「いいって、まだ訓練中なんだから。さあ、第一声いってみよ」

「うん」

茜はうなずき、トークボタンを押した。

「ソロモン基地、聞こえますか。こちらマンゴスティン、茜です」

『ほーい、茜！ 宇宙はどう？』

「虹が見えたの。とってもきれいだったよ！」

『よかったねー。茜はいいものを見たよ』

「ありがとうマツリ。基地の皆さんにも、ありがとう」

ゆかりが後をついだ。

「てなわけで軌道変更の準備に入るから、交信終了ね」

『ほい、こっちもプログラムができしだい送るよ』

さあ、最初の正念場だ。ゆかりは念をいれて、各装置の点検にとりかかった。

宇宙に出たからといって、じっとしていても浮いていられるわけではない。シャトルもマンゴスティンも、秒速七キロ以上のスピードで周回していなければ地球に落ちてしまう。

マンゴスティンはいま、高度二百キロの円軌道に乗っている。

目標のスペースシャトルはそれより百キロ高い円軌道にいる。

中心の等しい大小二つの円を紙に描いたとしよう。小さい円がマンゴスティン、大きい円がスペースシャトルのいる軌道をあらわす。

ここで、小さい円の六時の位置と、大きい円の十二時の位置を結ぶ楕円を描く。

これから行なうのは、六時から十二時へ、楕円を半周しながら上昇する飛行だった。

軌道を上昇するためには、速度を上げなければいけない。

六時の位置で正しく噴射すると、この楕円軌道に乗れる。

そして十二時の位置で、もういちど噴射してシャトルと速度をあわせる。

もちろんこのとき、スペースシャトルがそこにいなければならない。

ランデヴーするには、一度限りのタイミングで二度の噴射を正確に行ない、相手と位置・速度・方向のすべてを一致させなければならない。これはただ宇宙に出るだけの飛行より、桁外れに難しい技術だった。

ちょっとでももたついてタイミングを逃すと、すごすごと地上に引き返す羽目になる。

SSAの威信などどうでもよかったが、そんなみっともない真似だけはしたくない。

ことにゆかりの場合、とかく好奇の目で見られ、飾り物だとか、実は全部コンピューターがやってるんだろうとか言われることが多いのだ。

「……なまじルックスがいいから不幸なんだよなあ。あたしって」

「え？」

「なんでもない。茜はアンテナ系統、全部チェックして。あたしはエンジンみるから」

「はい」

　オービターの背面部では耐熱シールドの蓋が開いて、軌道変更に使うOMSエンジンのノズルが顔を出している。燃料はモノメチル・ヒドラジンと四酸化窒素。さらに燃料を圧送するのにヘリウムガスも使う。

　この方式は二種類の燃料を触れ合わせるだけで点火するので、動作は確実だった。エンジンをコントロールするのは結局、多数のバルブなので、ゆかりは水道屋の仕事に似ていると思っていた。

　胴体下部からは小型のパラボラアンテナが開いて、NASAの静止通信衛星TDRSを指向する。この衛星通信網を借りることで、軌道上のどこにいても地上と交信できた。

「TDRSとのデータリンク、成立しました」

「よしよし。これでもう、シャトルの連中とつながるわけか」

「そのはずですけど。話してみます？」

「楕円軌道に乗ってからにしよ。見得《みえ》切ったあとでトラブったらみっともないもん」

「はは、そうですね」

ACT・6

「見えたぞ、あれか……ほんとに打ち上げから二時間半で来たんだな」

天井の観測窓から双眼鏡を覗いていたルイスが言った。

「大昔のジェミニ宇宙船にそっくりだ……日本もとうとうここまで来たってわけか」

「みかけは似てるが、あの形態で再突入する完全再使用型だ」

船長が言った。

「耐熱タイルひとつとっても、いきなり海面にとびこんで平気って代物だ。連中をなめないほうがいい。我々より一世代新しいテクノロジーを使ってる」

それから、エアロックで待機しているノーマンを呼んだ。

「マンゴスティンは三キロ下方だ。予備呼吸は終わったか？」

『いつでも出られます』

「向こうが遠隔操作アーム《RMA》をつかむまで出ちゃいかんぞ。噴射をかぶるかもしれん」

『わかってますよ』

そのとき、通信機に子供のような声が流れた。日本なまりの英語だった。

『スペースシャトル・アトランティス、こちらＳＳＡオービター・マンゴスティン。貴船を肉眼で確認しました、オーバー』

「マンゴスティン、こちらアトランティス。感度良好だ。いつでもアプローチしてくれ」

『了解。あと四分でランデヴー・シーケンスを終了します』

遠地点噴射が終わると、二隻の宇宙船は一キロの距離をおいて相対的に停止した。

「よーし、シーケンス終了。誤差百メートルってとこか」

「ぴったりでしたね」

「ドッキングもかっこよく決めるぞ」

ゆかりは姿勢制御《RCS》システムを手動モードにして、船首を少し下げた。

窓から見える範囲にシャトルが入る。

シャトルは機首を地球にむけて、どっしりと棒立ちになっていた。

左右の翼の上にペイロードベイ・ドアが開いていて、銀色の放熱板がきらきらと光っている。中央にはあの、オルフェウスらしきものが見えた。

茜は小さな歓声をあげた。

「うわぁ……なんて立派な船なんだろ」

「一キロおいてあれだから……やっぱりでかいよね」

ゆかりは操縦桿のボタンを押した。こつん、という感じで背中が押される。

「ソロモン基地、こちらマンゴスティン。手動操船でドッキングを開始する」

『ほい、マンゴスティン了解。ＮＡＳＡはヒドラジンをぶっかけられないか心配してるよ。上手にやろう、ゆかり』

「ヘマをしたのはそっちだろって言ってやんな」

『木下さんに伝えておくよ。これから共通チャンネルに切り換えるね。日本語はここまでだよ』

「了解」

茜が通信機のチャンネルを切り換えた。

「アトランティス、こちらマンゴスティン。距離三百メートルに接近」

『了解、マンゴスティン。ＲＭＡが見えるか』

「よく見える」

遠隔操作アームは、シャトルの機首付近からマストのようにほぼ垂直に張り出していた。こちらも、小型のＲＭＡを持っている。それで向こうのアームの先端をつかみ、ロープをかけて係留すれば、ドッキングは完了したことになる。

「ＲＭＡ、めいっぱい外に伸ばしちゃって。信用されてないんだな」

「やっぱり、そうなんですか」

「噴射で汚れるのがやなのよ。ていうかニアミスが恐いんだろうね。連中、臆病だから」

「うまくできるかしら……」

「なによ、あんたまで」

「いえ、私のRMA操作がです」

操船はゆかり、RMAで相手をつかむのは茜の担当だった。

「大丈夫だって。RMAはシミュレーターと違和感ないよ。そおっと伸ばして、パッとつかむ。思い切りよくね」

「そっと伸ばしてパッとつかむ……うん」

茜は自分に言い聞かせた。

話しているうちに、船はシャトルの目前にきた。

ゆかりは小刻みな噴射を数回やって、船を相手のRMAの先端に寄せ、停止させた。

『うまいぞ、マンゴスティン。こっちはやることがない』

シャトルのRMA担当が言ってきた。必要ならシャトル側のRMAで追いかける手順だった。

「どういたしまして。では先端部の捕捉にかかります」

茜が右手でRMA用の操縦桿をにぎった。左手はモードセレクターに置いている。

船首に折りたたまれていた腕が起き上がって、前方に伸びた。

腕の全長は二・四メートル。十五メートルもあるシャトルのRMAに比べると、動きは機敏だった。

末端の二本指を、平板状の目標に寄せる。

「うん——いいよ、その調子」

船が小さいので、RMAを動かすと反動で船もわずかに動く。茜は教科書どおり、反動ができるだけ船の重心を貫くように操作している。

「いいかしら、つかんで」

「やっちゃえ！」

操縦桿のボタンを押すと、金属の指がすっと閉じて、目標をつかんだ。

「できた！」さらにボタンを押し込んで「ロックオン」

「うまい！……アトランティス、そちらのRMAを捕捉。これより船外活動に入ります」

『お見事。こう順調にいくとは思ってなかったよ』

シャトルの装置がどうだか知らないが——

ゆかりは思った。

小さくて機敏なものは、すべてうまくいくんだ。

二人はハーネスを解くと、座席の背もたれに埋め込まれているバックパックを背負った。

バックパックには小型の生命維持装置と通信機が内蔵されていて、二時間の船外活動ができる。大きさはデイパックとたいして変わらない。

ケーブル類を宇宙服に接続し、動作を確認する。

ゆかりは茜の装置も念入りにチェックした。

「ここが正念場だからね。リラックスしつつ慎重に、あわてず急がずテキパキと」

「はい」

「地球を眺めるのは後回しだよ。外へ出たらまず上下感覚をシャトルにあわせるの。いまこっちはシャトルの真上にとりついて、旗竿のコイノボリみたいになってる。外へ出たら、体はむやみに回転させないこと」

「はい」

二人はケブラー繊維の命綱を結び、ヘルメットの気密バイザーをおろした。

「通話テスト」

「音声明瞭です」

船内の空気を抜き、ハッチを開く。

「よし、行くよ」

「はい」

クルー全員が後部観測窓にむらがっていた。

「見ろ、もう出てきたぞ！」

「信じられん。ドッキングから十分もたってないのに」

スケジュールは聞いていたが、事実を前にした驚きは格別だった。

シャトルの船外活動は、準備に二時間以上かかるのが常だった。NASAの宇宙服は内圧が低いので、長時間かけて減圧環境に体を順応させないと外に出られない。

一人めが外に出て、船首にまわりこんだ。腰のポーチからロープを出して、あっという間に船をRMAに係留する。

「いまのロープワークを見たか？　宇宙空間でシープシャンクをしたぞ」

「それにしても、なんてキュートな宇宙服なんだ！」

ルイスが感に堪《た》えたように言った。

「まるでエヴァだ……」

「エヴァ・ガードナーか？」

「ちがう。帰ったらビデオを貸してやる」

二人めが出てきた。

こちらは、最初のより動きが遅い。慎重に船殻《せんこく》をつたって移動している。

二人はシャトル側のRMAに乗り移り、中ほどまで降りてきた。片手で体を保持して、こちらを向く。

『アトランティスのみなさん、こんにちは。こっちが見えますか？』

「ずっと釘付けになってる。天使に会った気分だよ」

『いま左手をあげてるのが私、船長の森田ゆかりです』

「アトランティスにようこそ、ゆかり。船長のウェイン・バークハイマーだ」

「よろしく、バークハイマー船長」

「ウェインと呼んでくれ。お隣は？」

『ええ……ミッション・スペシャリストの三浦茜です。よろしくお願いします』

「よろしく、茜」

『宇宙服のカラー・ストライプで識別してください。ピンクはゆかり、ブルーは茜です』

「了解した。二人とも素敵だよ」

『では、回収作業に入りますので』

「こちらも一人外に出すよ。——ノーマン、天使たちを御案内してくれ」

『了解。これからエアロックを出る』

　だが、ノーマンが外に出た時、二人はすでにオルフェウスの上段エンジンにとりついていた。マンゴスティンからのびた命綱の末端はＲＭＡの根元にもやってあり、二人は互いを命綱で結んで移動していた。

　ノーマンは急いで二人のほうに向かった。だが、七、八メートルの距離をつたい歩くうちに、一人はもう中に入ろうとしていた。

「おい、ちょっと待ってくれ。――あんたはアカネか」

茜はトラス構造に突っ込んだ頭を出して、声の主を探した。

こちらを見た茜が、びくりとしたのがわかった。

「ああ、どうした？」

「すみません。大きいので、ちょっとびっくりしちゃって」

「俺がか？　別に嚙みつきゃしない。いまそっちへ行く」

ノーマンは上段エンジンのカバーを這い上がった。

ゆかりがさっと手を伸ばして、男を引き寄せた。

「すまん」

こいつらに比べたら、俺はディズニーランドの着ぐるみだな……。ノーマンは思った。

二人の娘は恐ろしく小さく、細く見えた。ウエストは自分の宇宙服の腕くらいしかない。

しかし――成熟しているとはいえないが――女としてのあらゆる曲線を備えてもいる。

高度三百キロを飛行するシャトルのペイロードベイにあって、それは非現実的な眺めだった。

金コーティングの遮光バイザーを上げているので、相手の顔もはっきり見えた。

二人とも人形のような顔立ちだな、とノーマンは思った。

「問題のバルブだが、この奥にある。リングの中央からエンジン側に空洞があるだろう？」

「その空洞の奥の、ヘリウムタンクの裏ですよね」

茜が言った。

「そうだ。よくわかるな」

「一夜漬けは得意なんです」

「そうか。だが気をつけてくれ。まわりは危険なタンクばかりだぞ」

「わかってます」

「始めようか、茜」

ゆかりが言った。

「まずは偵察のつもりで潜ってみよう。無理せずにね。CGより入り組んだ感じだから」

「はい」

ここまでの船外活動で、茜はかなり自信をつけたようだった。実際、スキンタイト宇宙服での作業は、スキューバダイビングと大差ない。だが予行演習の映像に比べると、実物はあちこちに小さな突起があって、そんなに楽ではなさそうだ。

茜はトラス構造の中に入った。

「もすこし、左に寄って」

「はい」

「いいよ、そのまま」

「いま頭が中心に来ました。これからターンします」

少しして、茜は報告した。

「バルブを見つけました。あと一メートルくらい……あれ？」

「どうした？　よく見えないが」

「バックパックがつかえてるみたい」

「茜、無理しないで」

「ええ……向きをかえてやってみます」

「どう？」

「あと五十センチなんですけど……」

「無理するな。別のアプローチを考えよう」

「茜、いったん戻って」

「戻ります」

茜は足から先に出てきた。

ヘルメットの奥の顔は少し汗ばんでいた。

「途中に握り拳くらいの出っ張りがあるんです。それがつかえちゃって」

「道具を使ってみたらどうだ。〝孫の手〟みたいなものがあるが」

「まっすぐな棒では難しいと思います。入り組んでて」

「そうか」

それから茜は言った。

「大丈夫、できますよ。バックパックを外してやってみます」

「なに……？」

ノーマンは啞然とした。

「バックパックを外すだと⁉」

「茜、それならあたしがやるよ」

「おい、ちょっと待て。バックパックを外したら即死だぞ！」

「即死はしませんて」

ゆかりが言った。

「接続はクイック・ディスコネクターになってます。真空中で外してもエアは漏れません」

「しかし、ヘルメット内の空気なんて一分と保たんぞ！」

「素潜りでも一分は楽勝でしょ？　手際良くやればできますよ」

「だが、中で何かあったら――」

「大丈夫。あたしがやります。茜は今回が初飛行だから」

「いいえ、ゆかり、私にやらせて」

「茜──」

「大丈夫、自信あるんです」

「無線も使えなくなるんだよ？」

「酸素分圧を上げて飽和呼吸します。三分は保ちます。それでも出てこなかったら命綱を引いてください」

「……」

ゆかりはヘルメットごしに、茜の顔を見た。

水のように澄んだ瞳──いけるかも。

「わかった。まかせる」

「おい！　……船長、聞いてますか！　こんなことがあっていいのか──」

ウェインが応じた。

『ゆかり、SSAの安全規定は知らないが、前例のない危険行為に思える。許可していいのか？』

「SSAじゃ、船外でバックパックを交換するのは当たり前なんです。その延長だと思えば、どういうことはありません」

『しかし、万一ということもある。もし中で手間取ったら……』

「スキンダイビングと同程度の危険はあります。アメリカじゃそういうレジャーは禁止なんですか？」

『……わかった、君たちを信じよう』

ゆかりがうなずくと、茜は生命維持装置の操作にかかった。

酸素分圧を上げ、小刻みに深呼吸を始める。

「やりすぎないようにね。思考力なくすから」

「わかってます」

それから、手際よくバックパックを外し、ハンドライトを手首にはめた。

ゆかりはヘルメットを接して、声を届けた。

「今日は何曜？」

「ソロモン諸島は木曜です」

「よし。気をつけて」

「はい」

茜は人魚のような身のこなしで、つい、と潜り込んだ。

ゆかりは腕のクロノグラフをスタートさせた。

顔を上げると、ノーマンがこちらを睨みつけていた。

だが、何も言わなかった。

二人は息を殺して待った。

分針が二周したとき、トラス構造の奥で何かが動いた。

白い手袋——そしてバルブ。

「きたっ！」

ゆかりは手を伸ばしてバルブをつかんだ。それをノーマンに手渡すと、急いで手を中に戻し、茜の右手をつかんだ。

茜はするすると全身を現した。大急ぎでバックパックを装着する。電気系統のコネクターをつなぐと、インカムから荒い息が聞こえた。

「大丈夫⁉」

茜の声は、大きく弾んでいた。

「最初より、ずっと簡単でした」

「こいつはぁ！」

ゆかりは思わず茜を抱きしめた。

「コンプリート・サクセスだよ！　さっすが優等生！」

「あはは、お荷物にならなくてよかったぁ！」

「着替えも積めないのに、お荷物が積めるわけないじゃん！」

「それもそうですね！　うふふっ」

日本語で盛り上がっていると、バークハイマー船長が割り込んできた。

『アリガトウ——私の知ってる日本語はこれだけなんだが』

「あ、すみません」

『いやいや、気持ちはアリガトウさ。狭苦しいところだが、ミッドデッキで歓迎パーティーを開きたい。来てくれるかね？　ソロモン基地の許可はもらってあるんだが』

本来のミッションへの影響を最小限にとどめるため、シャトル船内への訪問はしないことになっていた。ＳＳＡの参加は、あくまでダメモトのお手伝いだったのだ。

ゆかりはただちに答えた。

「よろこんで、招待をお受けします」

ACT・7

円柱形のエアロックを抜けると、そこがミッドデッキだった。正面には白いロッカーが並び、右は三段の寝棚、その横が小さなギャレイ。左側はトイレと昇降ハッチ。

残った二畳ほどの空間に、Ｔシャツとショートパンツ姿の男三人が待っていた。

ゆかりと茜は、ヘルメットを脱いで脇に抱えた。

おお～う、という声がもれる。

いつもの反応だった。どういうわけか男どもの目には、ヘルメットを脱ぐシーンがこの上なく魅力的に映るらしいのだ。

「ようこそ、アトランティスへ」

船長が握手を求めてきた。歳は五十代の前半というところ。面長《おもなが》で、ぼさぼさした感じの口髭をたくわえている。着くずした英国紳士という印象だが、シャトルの船長といえば米軍のテストパイロット出身と相場が決まっている。

「素晴らしい活動だった。君たちは我々が五日がかりでできなかったことを五分でやってのけたんだ。いさぎよく脱帽するよ」

「脱帽だなんて、とんでもありません」

ゆかりはまず如才なく言った。

「でも、この子の働きは自慢してもいいかな。SSA期待のルーキー、三浦茜です」

「あっ、いえ、そんな――」

謙遜もむなしく、茜はたちまち握手ぜめにあった。

それから、クルーの自己紹介。

パイロットのルイスは空軍出身の三十七歳。眉のあたりが、どこか石坂浩二に似ている。

なぜかいきなり、いま日本でいちばん流行《はや》っているアニメは何か、と聞いてきた。

茜は答えられず、ゆかりが適当に「バラモンボールZかな」と言うと、「それはすでに終了したはずだ」と指摘してきた。

MSのゴードンは三十一歳で、航空機メーカーからNASAに転職した。金髪のハンサムだがちょっと神経質そうでもある。今度のトラブルは彼のRMA操作が原因だっただけに、ほっとした様子だった。

二人はチューブ入りのジュースや、ビスケット、フリーズドライのアイスクリームなどを振舞われた。私物を入れたロッカーから板チョコやガムを出してくる者もいた。美味《おい》しいものはなかったが、いろいろ選べるのは確かに楽しかった。

その頃になって、エアロックからノーマンが現れた。クルーカットの大柄な男だった。もし地上で前に立ったら、胸板しか見えないだろう。

ヘルメットとバックパックは外していたが、かさばる宇宙服はそのままだった。ミッドデッキはいきなり人口過密になり、五人は天井や床まで利用して場所をつくった。

「すまないが、先に始めさせてもらったよ。ご苦労だった」

船長が労をねぎらう。

「私は何もしませんでしたよ。すべて彼女たちのおかげです」

ノーマンはにこりともせずに、そう答えた。

改めて見ると、彼の宇宙服はとてつもなく不格好だった。ドラム缶を毛布でくるんだような胴体。腕も脚も断面は円筒で、人体の美などかけらも表現できない。

「スモウレスラーみたい」

ゆかりが何気なく言うと、ノーマンはむっとした顔になった。

「君のような宇宙服があれば、遅れはとらないさ」

「その体格じゃ、どのみち入れなかったと思うけど」

「……」

一瞬、白い空気が流れた。

船長が咳払いして言った。

「あー、どうだね君たち、コクピットを見ていかないか」

「そうですねっ、ぜひ見せてください！」

茜が必死で同意する。ゆかりは気のない顔で言った。

「それもいーかな。七〇年代の枯れた技術ってやつを見るのも」

こんどは茜が険しい目でこちらをにらんだが、ゆかりは知らんぷりをしていた。

二人は船長に先導され、天井の穴を通ってアッパーデッキに移った。

写真やビデオで見ると広く感じるが、実際のコクピットは寝台つき長距離トラックの運転台と大差なかった。

「天井と床以外はすべて計器類で埋まってるんだ。正面は飛行制御をするところで、旅客機と大差ない。右はミッション・オペレーション、左はペイロード・オペレーションに使う。背面はRMAの制御やドッキング操作をするんだ」

「座席は二つなんですね」

茜が言った。

「そう。座る必要があるのは飛行制御だけだからね。そこに足を固定する台があるだろう。高さが調節できるから、君のような小柄な人でも大丈夫だよ」

「ほんとだ。親切な設計ですね」

「スペースシャトルにはいろんな人が乗るからね。体格はもちろん、人種も宗教もまちまちだ。そうした人々を、幅広く受け入れる設計だ」

「そのへんがSSAとは違うってわけね」

「ゆかり！」

茜はとうとう怒りをあらわにして、日本語で言った。

「どうしてそんな言い方するの。ここの人たちが何か悪いことした？」

「してないけどさ」

「だったらどうして」

「NASAみたいな権威を前にすると、無性に反抗したくなる性格なの」

「だけど――宇宙では人間関係を大切にしなきゃ！」

「あんたってほんっとに優等生ねえ！　教科書みたいなこと言わないでよ。こんなとこ、すぐおさらばするんだもん、どーだっていいじゃん！」

船長が気遣わしげに見ている。表情や語調から見当がつくのだろう。

茜は静かに言った。

「……私は、出会いって、大切にしてる」

「あーそ」

「いま別れても、また会うかもしれないもの。それが人生を変えることだってあるもの」

「いい奴ならいいけどね」

「私、ゆかりに出会ったから、ここまで来られたんだもの」

「……そこへもってくわけ？」

茜はうなずいた。

「あの時――ヘリに乗ってって言われた時、すごくおっくうだったよ。だけど思い切って踏み出したの。なにか始まりそうな気がしたから」

茜はちょっと笑顔になった。

「それでますます、出会いってことに味しめちゃったのね。今度もいいことあるかもって」

「そーゆーのをお人好しっていうのよ」

「うん。私、お人好しでいい」

あっけらかんとした笑顔を見て、ゆかりはため息をついた。

あたしの相棒って、なんでこう能天気な奴が多いんだ？

「わかったよ……ノーマンだっけ、あいつに謝ってくりゃいいんでしょ？」

茜は嬉しそうにうなずいた。

ゆかりは船長に断って、ミッドデッキに降りた。

ルイスとゴードンがスニッカーズか何かをかじっていた。

「あれ？　ノーマンは？」

「エアロックで予備呼吸してるよ」

ルイスが答えた。

「また外に出るの？」

「そう。君たちが持ってきた新しいバルブを取り付けるためにね」

「予備呼吸って、二時間くらいかかるんでしょ？」

「そうだよ」

「…………」

もしかして——歓迎パーティーに出るために、わざわざ戻ったのか？

「彼に用事かい？　インカムで話せるよ」

「ううん、いいの」

バックパックの酸素を補給しに戻ったんだ、きっと。

ゆかりはそう考えることにした。

「ところでゆかり、記念品交換をしないか？」

ルイスが言った。

「ロシアの連中とドッキングしたときもやったんだ。これなんかどうかな」

ルイスはポケットから布製のワッペンを取り出した。オルフェウス・ミッションの文字を織り込んだ特製品だった。

「へえ……凝《こ》ってるんだね。でもあたし、交換するようなもの持ってないし」

「なんでもいいんだ。メモ帳でも、ボールペンでも」

「ペンならあったかな」

ゆかりはウエストポーチからフィッシャーのボールペンを出した。

「いちおう、ソロモン宇宙協会のロゴ入り。こんなのでいい？」

「いいよ、最高だよ！」

ルイスは心から嬉しそうに言った。

その時、上から船長が呼んだ。

「ゆかりも来てくれないか。オレアリー博士がぜひ話したいと言ってる」

「オレアリー？」

アッパーデッキに移動しながら、ゆかりは聞いた。

「オルフェウスの計画主任だ。君たちにひとこと礼を述べたいそうだ」

そういう話なら、出会いもやぶさかではない。

ゆかりと茜は、操縦席のバックレストにつかまり、インカムをはめた。

「あんたが主役だからね。応答はまかせる」

「いいんですか」

「出会いよ出会い。好きなんでしょ？」

特に科学者って人種がさ。

茜はうなずき、トークボタンを押した。

「こちらアトランティスの三浦茜です。こんにちは、オレアリー博士」

『君が……あのバルブを取り出してくれたのかね？　バックパックを外して』

「そうです」

『ありがとう……』

語尾が少し震え、しばらく搬送音だけが聞こえた。

『……そうとしか言えないんだ、茜。私がどんなに喜んでいるか、うまく伝えられたらいいのだが……』

茜は小さく咳払いして答えた。

「よくわかります、博士。オルフェウス探査機は十年も眠っていたと聞きました」

『計画がスタートしたのは、二十二年前だよ』

「二十二年前……」

茜は息をのんだ。

『冥王星はつまらない星だと考えられていてね。何度も議会で予算がカットされた。そしてチャレンジャー爆発事故があった』

「そうですか……」

『オルフェウスの推進には強力な液体燃料エンジンが必要だった——冥王星は遠いからね。だが、あの事故以来、そうしたエンジンをシャトルで運ぶのは難しくなった。安全基準が厳しくなってね。無理もない判断だとは思うが……ああ、こんな話は退屈かね？』

「聞かせてください、もっと」

『冥王星が脚光をあびはじめたのは最近のことだ。冥王星は冷えきった小さな天体で、惑星としては見栄えのするものじゃない。だが近年の研究から、それは惑星というよりカイパーベルトを代表する天体だという見方がでてきた』

「カイパーベルト……彗星の故郷っていわれてる場所ですか」

『そうだ』

カイパーベルトは冥王星軌道のすぐ外側に存在するといわれる、リング状の領域だった。ここには望遠鏡でも見えない微小天体が無数に存在する。それらは凍りついた天体だが、何かのきっかけで軌道が乱れて太陽のそばに来ると、華麗な彗星として開花する。

彗星にはもっと遠方から飛来するものもあるが、軌道周期の短いものはカイパーベルトの出身とする説が有力だった。

そしてこのカイパーベルトの入り口に君臨するのが、冥王星なのだ。

「じゃあ、冥王星が、彗星族の大親分だと……？」

『それを知りたいんだ。外惑星系をめぐり歩いたボイジャー探査機も、冥王星だけは取りこぼした。冥王星は近接探査の行なわれていない最後の惑星なんだ。オルフェウスがそこに到達すれば、天文学の教科書は書き換えられるだろう』

「到着は、いつになりますか？」

『十二年後だよ。光でさえ四時間かかる距離だからね』

それから、博士はたずねた。

『そのとき君はいくつになる？』

「二十八歳です」

マイクを通して、ほう、という息づかいが聞こえてきた。

『素敵だな。君がうらやましいよ。私はさっきまで、生きて冥王星の近接写真を見ることに絶望しかけてたんだ。だが——決めたぞ。今日から煙草とドーナツはあきらめよう！』

博士は陽気な声になって言った。

『君のおかげだよ。ほんとうに、ありがとう』

「博士も、どうかお元気で……」

交信が終わっても、茜はしばらく動かなかった。それからハンカチを取り出し、涙をぬぐった。

ACT・8

今回の緊急ミッションでは、回収チームの配置が万全ではなかった。仕事を終えたらさっさと帰還したいところだが、なにぶん急な飛行だったので、回収はソロモン基地の近海でしか行なえない。

自分たちの軌道の直下にソロモン基地が来るのは十二時間おき、夜間の回収を避けるなら二十四時間おきになる。仕事が早く終わっても、それまでは軌道上で暇をつぶさなければばならない。

　ゆかりと茜は、帰還を待つ間、シャトルでごろごろしていることになった。

　二人はフリーズドライのイチゴをつまみながら、後部観察窓からオルフェウスの発進準備を見物していた。

　宇宙服を着たノーマンとゴードンが取りついて、何かごそごそやっている。

「じれったいなあ……道具持ち替えるのに何分もかけるなよ。きりきりやらんかい」

「それはノーマンさんたちのせいじゃなくて――」

「わかってるけどさ。あーもう、手伝いにいってやろうかなあ！」

「喜ばないと思うけど。男の人って、そういうの嫌がるでしょう」

「だろうけどさ……」

　彼らにとっては、名誉挽回の時だった。おせっかいを慎《つつし》むぐらいの分別は、ゆかりにもある。

　実際、彼らの忍耐力は見上げたものだった。一度外に出たら、作業は何時間も続く。飲料水とキャンディーはヘルメット内に装着されているが、休憩らしいものはとっていない。

　そして、あのタイプの宇宙服は一挙一動が筋力トレーニングなのだ。

　自分には、とてもできないな――とゆかりは思った。

異変が起きたのは、シャトルに来て五時間が経った頃だった。

そのとき二人はミッドデッキにいた。

『何が起きたんだ！』『伏せろ！』

そんな声がスピーカーから聞こえた。

茜とともにアッパーデッキに上がってみると、船長とルイスが後部観測窓にとりついていた。

「二人とも大丈夫か！」

船長が怒鳴るように言った。

外を見たゆかりは、愕然とした。

オルフェウス探査機と上段エンジンが消えていた。

がらんとしたペイロードベイの中央で、ノーマンとゴードンがきりきり舞いをしていた。

『大丈夫だ。ガス圧を感じたが、生命維持に支障はない。だが――ちくしょうめ、あいつはいっちまった！』

「落ち着くんだ、ノーマン。まず船に戻れ。対策を検討しよう」

「何があったんですか！」

ゆかりが聞いた。

「上段エンジンが暴発したようだ。二人は無事だ」

「エンジンが爆発?!」

「暴発だ。なんらかの原因でエンジンに点火したらしい」

ヒューストンのジョンソン宇宙センターから呼び出しが入る。

『アトランティス、こちらヒューストン。トラブルをビデオ映像で確認した。状況を報告せよ』

「ヒューストン、人命に損失はない。船外活動中の二人はいま船内に引き返すところだ。詳細は追って報告する」

「いま噴射が止まった。燃焼そのものは制御されていた感じだ――ああ、もう見えない」

ルイスが言った。彼は窓にとりついて、双眼鏡でオルフェウスの行方を追っていた。

「ノーマン、聞こえるか」

船長が言った。

『いつでも通話できる。いまエアロックだ』

「タグの状態を確認したい。オルフェウスの遠隔操作はできるのか」

『遠隔操作はできない。安全タグはついたままだ』

「ゴードン、同じ質問だ」

『直前にタグがついているのをこの目で確認した。その上で固定金具をリリースしたんだ』

「ではなぜ暴発したか、思い当たるか」

『わからん』

「ヒューストン、状況を報告する。オルフェウスは安全タグをつけたまま、なんらかの原因で上段エンジンに点火した。燃焼はおよそ三分で停止した。今わかるのはそれだけだ」

『了解。こちらでオルフェウスのテレメトリをチェックしている。何かわかりしだい連絡する』

あわただしく交信していて、割り込むのははばかられた。

ゆかりはミッドデッキに戻った。ちょうどエアロックのハッチが開いて、ノーマンが出てきたところだった。ノーマンはすぐにハッチを閉めて、インカムで「入っていいぞ、ゴードン」と言った。

宇宙服の右腕のネームプレートのようなものが、黒く焦げていた。ヘルメットの片側も白濁している。

「ノーマン、大丈夫⁉」

「平気だ」

ノーマンは短く言った。

汗のにじんだ顔は、険しかった。ゆかりは殺気のようなものを感じた。

ノーマンは装備を解きはじめた。

「あの、手伝えることある？」

「女には手伝わせたくない」

「汗も尿も平気だよ」

ノーマンはゆかりを一瞥《いちべつ》した。

「下半身を支えていてくれ」

ゆかりが腰を支えると、ノーマンは胴体の連結を解き、宇宙服を上下に分離した。

さらに冷却服を脱ぐと、アンダーウェアと採尿オムツ姿になる。汗が臭った。

「怪我はない？　打撲とか？」

「大丈夫だ。噴射をかぶったのは一瞬だった」

ノーマンは船内服に手足を通しながら言った。

「オルフェウスはどうなった？」

「噴射が三分くらい続いて、それから見えなくなったって」

「三分か……」

ノーマンは唇を噛んだ。

「どういうこと？」

「三分も噴射すれば、シャトルで回収するのはむずかしいだろう。地球引力圏を脱出する
ほどじゃないが」

「そうか……。もひとつ聞いていい？」

「なんだ」

「安全タグって何のこと？」

「エンジンの動作を電気的に禁止する札だ。オルフェウスは無線でコントロールするが、発進準備が完全に整うまで、事故がないようにタグをはめておく。タグがついている限り、あんなことは起きないはずなんだが」

「じゃ、今から遠隔操作で減速させることもできないの？」

「不可能だろう。暴走があった以上、遠隔操作もできてほしいところだが」

ノーマンはアッパーデッキに行こうとした。

「あの――」

「後にしてくれ」

「む……」

ゆかりは踏みとどまった。

ノーマンと入れ替わりに、茜が降りてきた。

「ゆかり、どうしよう！」

茜は目に涙をためて、いまにも崩壊寸前だった。

「どうしようって」

「私のせいなの。私が上段エンジンに潜ったとき、どこかを壊したの。それでああなったに違いないよ！　ああ、オレアリー博士になんて言ったらいいの！」

「あっ、おい」

茜はゆかりの胸に顔をうずめて泣きはじめた。

「待ちなって。どこか壊した覚えがあるの？」

「……ないけど、でも……あちこちこすったし」

「エンジンなんてちょっとこすったぐらいじゃ壊れないよ。熱や振動だって相当あるの、知ってるでしょ？」

「そうだけど……」

「まだ絶望ときまったわけじゃないよ。とにかく落ち着いて」

「……」

「でなきゃ、何もまかせられないよ」

茜はまだしゃくり上げていたが、やがて、こくりとうなずいた。

一時間ほどして、船長は全員をミッドデッキに集めた。

「これまでにわかったことを確認しておきたい。最初に断っておくが、事態は深刻だ。オルフェウスは発進準備をほぼ終えた状態でエンジンを暴走させ、高度三千キロに達する楕円軌道に乗った。

これは本来の軌道と大差ないので、遠隔操作が可能なら再点火して冥王星に送ることができる。燃料のロスは許容範囲だ。

だが、地上からの遠隔操作はまだできない。安全タグがついたままだからだろう。

エンジンが暴走した理由については、さきほど判明した。確定はしていないが、おそらく間違いないだろう。

打ち上げ前に、臨時に行なった燃焼テストがあった。そのさい、技師の一人が制御回路をバイパスさせて、安全タグをつけたままエンジンを点火させたというんだ。

安全タグを外すには書類申請が必要なんだが、時間が切迫していたのでつい手を抜いたらしい。信じられない怠慢だが——技師はその後、バイパスに使ったジャンパー線を取り除いた記憶がないと告白している」

ゆかりは茜の表情を見守った。

まず現れたのは安堵。それから、静かな怒り。

クルーたちもそれぞれに舌打ちし、拳を固め、低く罵声《ばせい》を吐いている。

「もしオルフェウスとランデヴーできれば、やることは簡単だ。安全タグと問題のジャンパー線を取り除けばいい。だが——」

船長は少し間をおき、一同に覚悟をうながした。

「相手は最高高度三千キロの楕円軌道だ。このアトランティスでオルフェウスとランデヴーするにはうんと加速してやる必要があるが、現状ではとても燃料が足りない。シャトルで行けるのは、高度千キロが限界だ」

「俺たちの仕事は終わったってことだな」

ルイスが言い、肩をすくめた。

「しょうがない、帰ろうや。帰って酒飲んで忘れちまおう」

「そういうことだ。ああ、念のために聞くが――」

船長がゆかりに向かった。

「マンゴスティンの上昇限度はいくつだね？」

「高度八百キロです」

「そうか。……いや、聞いてみただけだ」

沈黙が流れた。

どちらの宇宙船を使っても、オルフェウスには手が届かない。それが地球に最接近するときはシャトルとほぼ同じ高度になるが、速度は秒速六百四十メートルも大きい。位置と方向が一致しても、速度が一致しない限り、ランデヴーはできないのだ。

茜が口を開いた。

「オルフェウスは、どうなるんですか」

「地球に接近したときの高度が低いからね。大気の摩擦をうけて、数週間のうちに大気圏に突入するだろう」

「私たちが帰還したら、もう、オルフェウスを救うチャンスはないんですか」

「残念だが」

「ひとつ提案があります、船長」

「ふむ？」

「どちらの船でもオルフェウスに追いつくことはできません。でも、二隻を合わせたらどうでしょう？」

「……なんのことだ？」

「アトランティスにマンゴスティンを積んで、ぎりぎりまで加速するんです。そこからマンゴスティン単独で加速したら」

「それは、しかし――」

「この場合は足し算で近似するんだよな。千プラス八百――高度三千キロにはてんで足りないよ」と、ルイス。

「いいえ」

茜は言下に否定した。

「それは円軌道の場合でしょう。楕円軌道ならその半分の加速で行けるんです」

「そうか、忘れてた！　つまり——高度三千六百キロまで行けるのか！」

「そうです。高度を目安にするより、速度で考えるべきなんです」

「待て待て、軌道面の変更成分と帰還の燃料もいるぞ」

「軌道面はほとんど変わらないんでしょう？　それにどちらの船も大気制動です。帰還用の燃料はわずかでいいはずです」

「マンゴスティンの質量は？」

ノーマンが聞いた。

「乗員含めて約二トンです」

「七十トンのシャトルに比べれば、空荷と変わらないな」

「ペイロードベイにも余裕で積めます。突起含めて直径三メートルにおさまりますから」

「そうか……やってやれないことはないかな？」

ゴードンが首を傾《かし》げながら、興味をそそられた様子で言った。

「ランデヴーのタイミングさえ合えば、理論的に不可能とは言えないんじゃ」

「できますよ、きっとできます！」

「待ってくれ、待ってくれ」

船長がなだめるように言った。

「スペースシャトルに予定外の荷物を積んで加速するなんて前代未聞だ。シャトルはトラックとはちがう。荷崩れでもしたら、たちまち爆発事故につながるんだ。

それにシャトルが着陸するには空港が要《い》るんだ。勝手に軌道変更して、不時着したらオルフェウスを失うよりひどいことになる。それに高度三千キロというのは、アポロ計画以来、有人飛行としては未経験の領域だ。何が起きるかわからない」

「じゃあ確認すればいいじゃないですか！　ソロモン基地とジョンソン宇宙センターに打診して、きちんと計算すれば！」

茜は語気を強めた。

「否定材料ばかり持ち出すのは、やろうとしてない証拠です！」

船長は、ぐっ、と喉を鳴らした。

「茜の言うとおりだよ。三千だろうが三万だろうがあたしたちは行くよ。そっちさえよければね」

ゆかりが加勢する。

船長はなんとも言えない顔になって、インカムを宇宙通信網に接続した。

「ヒューストン、ならびにソロモン宇宙基地、こちらアトランティス。応答願いたい」

『アトランティス、こちらヒューストン、感度良好』

『ほい、アトランティス。ソロモン基地はずっと聞いてるよ』

「オルフェウスの救出について、至急検討してほしいことがある。ＳＳＡの三浦ＭＳより提出されたアイデアで、かなり型破りなものだが――つまり……」

ACT・9

ソロモン基地、管制センター。

バークハイマー船長の話が終わると、那須田は「よおし！」と怒鳴るような声をあげた。

「気絶はしたが、茜は上出来だ。通信班は必要な情報をただちにヒューストンに送れ。木下君、他の作業分担を頼む」

木下はただちに言った。

「誘導航法班は軌道計算にかかってくれ。シャトルから分離するタイミングに幅をとって、あらゆる状況を検討するんだ。

宇宙船システム班はシャトルにマンゴスティンをどうやって搭載するかを検討してくれ。
○・一Gで加速するとして、三百キロの荷重に耐える必要がある。船体のハードポイントや固定材料のデータをまとめてヒューストンに送るんだ。向こうが主、こちらは従だ。
医学班はゆかりと茜の生命維持を検討してくれ。前代未聞の高度三千キロだからね。すべてはヒューストンとデータをつきあわせながら作業を進めることになるだろう。通信班は班ごとに連絡窓口を設定してくれ」

宇宙船と地上管制の関係は、古い大型船舶のブリッジと下甲板にたとえられる。下甲板では大勢の航海士が働き、ブリッジの航海士を補佐する。水上船舶では全員が同じ船に乗るが、宇宙船ではその余裕がないので、ブリッジだけを切り離して飛ばす形になるのだった。宇宙飛行士は認めたがらないが、本当の船長は地上にいると考えても間違いではない。いずれにせよ、地上と宇宙は密接な連絡を保ちながら仕事を進める。

テキサス州ヒューストン、ジョンソン宇宙センター。

こちらの反応も、ソロモン基地と大差なかった。

「あの小娘が、こんどはえらい仕事をよこしてくれたもんだな」

ミッションディレクターのジョージ・グラントはそう言った。

彼が舌打ちしたのは、そのアイデアが、まじめに検討せざるを得ないものだと直感したからだった。

可能性がみつかった以上、後悔するような怠慢はおかしたくない。彼もまた、オルフェウスの制御を取り戻すためなら、どんなことでもするつもりだった。

最初に浮かんだ難関は、安全規定だった。この計画は、なにもかもがクリティカルだ。シャトルだけでも高度二千キロ近くまで上昇し、そこで燃料の大部分を使い切るのだ。

その時ペイロードベイには、熱帯産の怪しげな荷物がまだ乗っているかもしれない。帰還用の消費燃料は、マンゴスティンの放出に失敗した場合を想定しなければならないだろう。人命救助ならともかく、無人探査機を救うためにこんな危険が冒せるだろうか？

ジョージはアポロ十三号の事故を思い出した。

もう三十年近く前のことになる。月に向かった宇宙船の酸素タンクが爆発し、燃料も電力も空気も欠乏するなか、三人の飛行士を奇跡的に生還させたのだった。

当時の彼はまだ二十そこそこの下っ端《したっぱ》だったが、ＩＢＭ３６０コンピューターを駆使して軌道計算に取り組んだ不眠不休の四日間のことは忘れられない。まったく予想もしなかった危機に直面し、ありあわせの材料だけを使って、不可能を可能にしたのだ。

ジョージは、自分がそれに関わったことを誇りにしていた。この誇りこそ、ＮＡＳＡとともに歩んできた自分の原動力だった。

――とにかく、やれることからやってみよう。

彼は年配のエンジニアの常として、暗算で素早く見当をつける技を身につけていた。

オルフェウスの軌道周期は一時間五十九分。

アトランティスのそれは一時間三十分。

ほぼ四対三の比率だ。アトランティスが地球を四周し、オルフェウスが三周したとき、両者は再会する。このときマンゴスティンを秒速六百四十メートル加速すれば、オルフェウスとランデヴーできることになる。だが、その加速は二段構えで、間に切り離し作業が入る。コンピューターまかせにはできない、複雑な手順だ。

暴発事故からすでに一時間が経過している。

なんてこった――これをあと五時間で準備しろというのか！

ジョージは受話器をとりあげると、訓練センターのモックアップ担当者を呼び出した。

モックアップというのはアトランティスおよびオルフェウスの実物大模型で、打ち上げ前の訓練に使ったものだった。

「大至急検討してもらいたい。飛行中のアトランティスにSSAのオービター・マンゴスティンを積んで加速したいんだ。マンゴスティンの設計仕様はすぐ届くだろう。作業時間は五時間――いや、四時間半しかない」

『やってみよう。オルフェウス用のプラットホームが利用できるかもしれない』

よけいな質問はしない。いいぞ、これがプロというものだ。

ジョージはひさびさに、胸が高鳴るのをおぼえた。

ACT・10

二時間後——アトランティスのミッドデッキに全員が集められた。

全員インカムをはめ、地上との交信に参加する用意をしている。

ノーマンとゴードンは船外活動にそなえて宇宙服を着用し、ヘルメットを気密状態にして予備呼吸に入っていた。

船長が言った。

「ソロモン基地とヒューストンでそれぞれ中間報告がまとまった。それを受けて我々が合意すれば、茜の提案はゴーだ。まずヒューストンから聞こう」

『こちらヒューストン、ミッションディレクターのジョージ・グラントだ。こちらでの検討結果を伝える。飛行安全委員会はかなり難色を示したが、結論はゴーだ。シャトル側に限って言えば致命的な危険はないと考えられる。ただし条件がひとつある。マンゴスティンの分離作業をSSA側の飛行士が行なうことだ』

ゆかりが即答した。

「最初からそのつもりです」

『ありがとう、ゆかり。作業手順の詳細はファクシミリで通知する。以上だ』

保守的なNASAにしては、意外な決定だった。裏でどんなやりとりがあったのかわからないが……これ以上お株を奪われてはたまらない、とでも思ったのだろうか。

ようし、やってやるぞ——四人のクルーも、そんな顔だった。

続いてマツリの声。

『アトランティス、こちらソロモン基地、茜のプランを検討したので知らせるよ』

「ソロモン基地、始めてくれ」

『シャトルとマンゴスティンのステージング、それからオルフェウスとのランデヴーは不可能ではないと考えてるね。着水地点はチリ沖になるよ。うちの回収チームは間に合わないけど、アメリカの第四艦隊がそばにいるから手伝ってくれるね。ただ、ひとつだけ問題があるよ』

「なんなの、マツリ」

ゆかりが聞いた。

『ほい、フライトサージャンが説明するよ』

旭川さつきが代わった。

『二人ともよく聞いて。放射線被曝の問題があるの。マンゴスティンがオルフェウスの軌道にそって飛ぶと、赤道付近でバン・アレン帯の内帯を通過することになる。ここは最も放射線密度の高いところよ』

「危険なの？」

『致命的ではないけど、レントゲン技師が真っ青になるくらい被曝する恐れがあるわ。そしてあなたも茜ちゃんも、育ち盛りの女の子よ」

「結論を言って」

『医師として、二周以上の軌道周回は許可できない』

「じゃ……軌道一周、たった二時間でランデヴーと船外活動と再突入をやれってこと!?」

『そう。それが無理なら救出ミッションは中止するしかない。放射線密度は高度三千キロにさしかかったあたりが一番高いわ。これはランデヴーの噴射から一時間後、軌道を半周したときね。船外活動はそれまでに終えること。船内にいるほうが、いくらかましだから』

「…………」

『あたし個人としては、軌道一周することも反対よ。慎重になることを恥じてはだめ。宇宙飛行士に勇気はいらない。それをふまえた上で、茜ちゃんと二人で考えてみてちょうだい』

「ソロモン基地、了解」

通信が終わると、すぐに船長が言った。

「私の希望を言わせてくれ。この計画には賛成できない。君たちの熱意には感謝し、感動もしているが、もう充分だ。ここでやめにしないか」

「……そうだね」

ゆかりは、火が消えたような気分だった。

二時間ですべてをやりとげるのは、できる気がした。

しかし、自分にミスはなくても、どんなトラブルが起きるかわからない。

何かあって帰還のタイミングを逃したら、バン・アレン帯を二度も通過することになる。

自分ひとりでやれるならまだしも――

ゆかりは茜に向き直った。

「中止しよ、茜。女の子があんなばっちい所へ行くことないよ」

だが、茜はうなずかなかった。

「さつきさん、優しいから――」

茜は言った。

「だから、慎重になってるんだよ。大袈裟《おおげさ》に言ってるの、私わかるもの」

「そんなことないって」

「アポロ宇宙船だって往復あそこを通ったんでしょう？　それに磁場のない月面で何日も活動して、相当に被曝したはず。なのに平気だったじゃない」

「でもあれは、装備もちがうし、第一おじさんたちだしさ」

「あたしたちだって大差ないよ。十六になったら発育はほとんど止まるんだから」

「そうだっけ……？」

いかん、知識の差で論破されそうだ。ゆかりはアプローチを変えた。

「茜、自信あるの？」

「え？」

「あたしたち四時間睡眠で、もう十五時間ぶっつづけで働いてるんだよ。これから七時間、ひとつも間違えずにやりとおす自信ある？」

茜の顔に、狼狽《ろうばい》の色がうかんだ。

「それは……徹夜してテスト受けること……よくあるし」

「テストと宇宙飛行は違うよ。それに今回は二人でフルに働かないと間に合わない。茜がしくじったら、あたしも危なくなるんだよ？」

「…………」

うつむく茜を見て、ゆかりはただちに後悔した。

卑怯だ。こんな言い方はすべきじゃなかった。

「ごめん、いまの取り消し。自分のことだけ考えて、思ったこと言って」

茜はうなずき、まる一分ほど考えていた。

それから茜は、顔をそらすようにして、とつとつと話しはじめた。

「危険なのは、わかるの」

「うん」

「でも、その……ただの機械だけど……」

「うん」

「オルフェウスには、命を賭ける価値がある——そう、思うから」

そして茜は、感情を爆発させたのだった。

「ゆかり、私——どうしても、オルフェウスを助けたい！」

船内の空気は、この瞬間に変わった。

やってやる。俺たちが手ぶらで帰るものか。

このとき六人は、見えない契約書に、そうサインしたのだった。

ACT・11

ソロモン基地、本部棟・有人機設計室。

ワークステーションの画面には、釣鐘状の物体が三次元投影されていた。

物体の表面は、無数の格子で仕切られ、格子ごとに白から赤、紫、青へと、虹色に彩られている。

物体はオービター・マンゴスティンで、色は表面温度を表していた。

ワークステーションを操作しているのは、若い技術者。

「よし。突入速度、プラス六百四十にしてみて」

横から向井が指示した。数値を設定し、シミュレーションを再スタートする。

画面の中の宇宙船は、再び白熱しはじめた。別のウインドウに最高温度のグラフが表示される。

「……千三百七十……千四百六十……千四百五十……ここがピークか」

「これなら楽に持ちこたえますね」

「このモデルではね」

向井は慎重に答えた。

高度三千キロからの大気圏再突入は、SSAのオービターにとって未知の領域だった。高いところから飛び込めば、速度はそれだけ大きくなる。速度が大きければ、大気との衝突で発生する熱も高くなる。その温度に、オービターは耐えられるのか？

すでに概算式を解いて「可能である」と向井は暫定したが、もちろん本番開始までに検証を重ねておく必要があった。

千四百六十度という最高温度は、思ったより低いものだった。進入速度は一割増しだが、温度上昇はそれほどでもない。空気抵抗は速度の三乗で効いてくるはずだが……。

かすかな不安をおぼえて、向井は念を押した。

「パラメーターを変えて何度も試してくれ。ランデヴーに入ったら、もう中止できないんだからね」

「はい」

そのとき電話が鳴り、別の技術者が受話器を取った。

「チーフ、管制センターからです」

「うん」

向井は短く応対して、受話器を置いた。

「みんな聞いてくれ。アトランティスから回答があった。オルフェウス救出ミッションはゴーだ。あと六時間、がんばろう！」

歓声が部屋に満ちた。

同じ頃、ジョンソン宇宙センターも沸いていた。

ジョージはとっておきの葉巻に火をつけると、おもむろに立ち上がって言った。

「よおし皆の衆、ガールズをオルフェウスに送り込むんだ！　ぬかるなよ！」

ACT・12

「いいから寝るんだ。知りたいことはすべてソロモン基地が教えてくれる」

「だけど、あんなぶかぶかの宇宙服で引き解け結びなんて無理だよ！」

「我々だってロープワークぐらいできるさ」

船長はうむを言わせず、ゆかりを寝台に押し込み、シェードを閉めた。

「一時間前になったら叩き起こすからね。おやすみ」

船長は外からそう言った。

下の寝台には茜が押し込まれている。

二人とも一応の抵抗はしたが、すぐ眠りに落ちた。


ペイロードベイでは、ノーマンとゴードンがマンゴスティンの固定作業を進めていた。マンゴスティンを床面までおろし、オルフェウス用のプラットホームに固定する。

この作業にもっとも活躍したのはケブラー繊維のロープだった。

シャトルの加速が終わったら、マンゴスティンはただちに切り離されなければならない。切り離しが遅れれば、そのぶんエネルギーロスが大きくなる。ソロモン基地は、この切り離しを二十秒以内に終えるよう要求していた。

強固に固定し、かつすばやく分離するために、ジョンソン宇宙センターの面々が考案したのは、なんのことはない、三箇所を引き解け結びで縛るというものだった。加速中の荷重は、結び目ではなく、プラットホームと船体の間に押し込まれたクッションが受け止める。クッションには緊急避難用の救命ボールが利用された。

マンゴスティンを分離するときは、その三本のロープをゆかりか茜が引っ張る。結び目がほどけたら、シャトルのほうで降下して、マンゴスティンを置き去りにする。

「ちがう、そうじゃない」

ノーマンはゴードンに結びの指示をしていた。

「その輪に下からくぐらせるんだ」

「こうか。ボーイスカウトで習ったんだがな」

「ヨットを始めるといい。いやでも身につく」

二人で協力し、四本の手でひとつの結びをつくる、という手順だった。

「ところで、ゆかりのことだが――」

ゴードンが言った。

「君に何か言いたそうだったぞ」

「まだ悪口が言い足りないか」

「そんなふうじゃなかったがな……」

「ふん」

ノーマンは鼻を鳴らしただけだった。

それから、結び目を見て言った。

「ちゃんと締めないか。これじゃ加速中にゆるむぞ」

ACT・13

ランデヴー開始一時間前。

ゆかりと茜は船長に起こされると、ミッドデッキの真空トイレを使い、スポンジで顔と手をぬぐった。それからヘルメットとバックパックを装着する。

「二人とも、気分はどうかね？」

「上々です」

「おかげさまで、よく眠れましたから」

「よろしい」

それから船長は、リングで綴《と》じたファックス用紙の束をゆかりに渡した。

「最新版の手順書だ。この袋に入れて運んでくれ」

「はい」

これが見納めと、ルイスが降りてくる。

「二人とも最高だよ。帰ったら、また会えるかい？」

「今からの仕事しだいかな」

「そうかあ」

握手をかわすと、ゆかりと茜はエアロックに入った。

外に出ると、マンゴスティンの前にノーマンとゴードンが立っていた。機首側から差し込む、青い地球光に照らされている。

「ハロー、ノーマン、ゴードン」

ゆかりが呼びかけると、二人は腕を持ち上げて合図した。

四人でマンゴスティンのまわりを一周して、固定を確認する。

「ふーん。うまく結んであるね」

「どうってことないさ」

ノーマンが言った。

「じゃ、ロープの端をちょうだい」

「君らは持たなくていい」

「え？」

「君たちがロープを引いて、結びが解けたことを確認して、それからハッチを閉めるんじゃ時間がかかりすぎる。俺とゴードンがナイフで切ればそれまでだ」

「だけど……ヒューストンは分離作業をこっちがやるって条件で――」

「ヒューストンには内緒だ」

「でも、二人とも外に出たままシャトルを加速させることになるんだよ⁉」

「オープンカーに乗ってるようなもんだ。どうってことはない」

ゆかりはバイザーの奥の顔をじっと見つめた。

男は無表情だった。

「驚いちゃうわ」

ゆかりは口を尖らせた。

「ＮＡＳＡにこんな無謀な飛行士がいたなんてさ」

「ゆかり！」

茜があわててたしなめにかかる。

ノーマンが言った。

「同じことをやっても自分たちは勇敢、俺たちは無謀か？」

「あの、ノーマンさん、ゆかりは素直に感謝を表せない性格なんです！　ね、そうでしょ、ゆかり？」

「そうよ」

「ほら」

「…………」

　ゴードンだろうか、インカムのマイクにぷっ、と息がかかる音がした。

「本人の口から聞きたいもんだな。感謝の気持ちってやつを」

　ノーマンが言った。

「英語だとTで始まるんだが」

「いまは思い出せないな」

　ゆかりはそう答えた。

「思い出したら言うよ。行こ、茜」

　ゆかりはつい、とマンゴスティンに乗り移った。

「す、すみませんね、ああいう性格ですから……根はいい子なんですけど」

　茜は微小重力空間で、器用に頭をぺこぺこ下げた。


「……いつから世話女房になったのよ」

　コクピットに空気が満ちると、ゆかりは言った。

「だって、まだ謝ってもいないんでしょう？　ありがとうって言っちゃえば『それとさっきはごめんね』って言えたのに」

「別に、言い出せなくて言ってないわけじゃないよ。連中、始終インカムつけてて会話筒抜けじゃん。そういうとこで言いたくなかったから」

「結局、言い出せなかったんだ」

「どーでもいいでしょ、そんなこと」

「私は――これから大事な時だから、しこりやわだかまりがあるのはよくないって思って」

「あたしは喧嘩してるほうが気が張っていいの！」

「なら、いいけど」

もう、口論しているひまはない。

ゆかりは手順書を計器盤の下にとめ、通信機のスイッチを入れた。

「アトランティス、こちらマンゴスティン。いま搭乗した。全装置正常」

『マンゴスティン、了解』

「ソロモン基地、こちらマンゴスティン。通信チェック」

『ほい、マンゴスティン、音声明瞭』

それから二人は手順書を読んだ。

ランデヴー作業はミッドウェー島上空、オルフェウスが後方二百キロに来たとき始まる。止まっている自分にオルフェウスが追い越しをかけてくる形だった。それをバトンリレーのように、自分も加速して速度をあわせる。

まずアトランティスがOMSエンジンを六分間、全開噴射。

噴射終了から二十秒以内にマンゴスティンを分離、アトランティスは退去。

そしてマンゴスティンのOMSエンジンを五分間、全開噴射。

この噴射はアトランティスの退去を確認しなければならないので、ゆかりが手でシーケンス始動スイッチを押す。あとはコンピューターがやってくれる。

両船の噴射が終わった時、十一分が経過し、オルフェウスとマンゴスティンは並んでハワイ諸島上空を通過する。

四分後、両者の位置を精測して軌道修正が行なわれる。これはソロモン基地が遠隔操作で行なう。

この時点で燃料不足がわかれば、ミッションは中止される。

軌道修正を終えたとき、十九分が経過している。

続いてゆかりの操船でオルフェウスに肉薄、茜が船外に出て問題の配線を取り除き、安全タグを抜く。

この作業は二十分以内に終えることが望ましい。その頃には高度二千キロを越えており、放射線密度が高くなる一方だからだ。

ランデヴー開始より四十分後、ブラジル上空で船内に戻る。

最高高度の三千キロはその二十分後、アフリカ南部上空で迎える。

　このとき、わずかな減速噴射をして軌道離脱。オルフェウスは上空に残り、インドネシア上空で上段エンジンに再点火、一気に地球軌道を離脱する。

　同じ頃、マンゴスティンは日本の東方で大気圏再突入、地球を半周近くしてチリ沖に着水する。現場には米海軍のヘリコプターが待機しており、二人は空母に運ばれる。

「……ちょっと待て、なんだこりゃ」

　ゆかりは注意事項のひとつを読んだ。

「茜の船外活動中、マンゴスティンは安全距離まで退避せよ……だと？」

「万一エンジンが暴発した時の用心ね。ゆかりだけでも助かれってことでしょう」

「んな……」

「いいの。そうなっても追いかける燃料はないし――」

　茜はくすりと笑ってみせた。

「私、冥王星まで行けるんなら本望だから」

「ちょっと、いまどき特攻隊みたいなこと言わないでよ！」

「結構近いと思うけど？　志願したときからわかってたことでしょう」

「そりゃ、そうだけど――」

　この子は……みかけによらずタフだ。こっちも負けちゃいられない。

「あたし、離れないかんね」

ゆかりは断固として言った。

「命綱しっかり結んどきなよ。やばいって思ったらすぐオルフェウスから離れて燃焼ガスをかわすんだ」

「だけど――」

「でなきゃ女がすたる！　これは船長命令だっ！」


時間は容赦なく進んだ。

ヒューストンが秒読みを担当している。

『オルフェウス、後方二百三十キロに接近。アトランティス、OMS点火まで五十秒』

『全装置正常』

これはバークハイマー船長の声。

『アトランティス、OMS点火まで三十秒』

『状況はすべてゴー。ノーマン、ゴードン、ちゃんと座っているな？』

『ああ、ちゃんと座っている』

『アトランティス、シーケンス・スタート。点火まで十秒……四……三……二……エンジン点火』

こつん、という感触があって、背中にかすかな重みを感じた。

『ヒューストン、こちらアトランティス。ＯＭＳ噴射は正常』

『こちらマンゴスティン。異常な振動はない』

『両船了解。オルフェウスは後方百七十キロに接近。分離まであと三分四十五秒』

エンジンの噴射音はほとんど聞こえてこない。数メートル後ろでは七トンもの推力が発生しているというのに。

『ノーマン、ゴードン、ちゃんと座っているか？』

『二人ともなんの問題もない』

『アトランティスおよびマンゴスティン。噴射終了まで一分』

あいつら、どうしてるんだ？

ゆかりはペリスコープを覗いてみたが、装置の陰に隠れて二人の姿は見えなかった。

いま話せば、アトランティスはもちろん宇宙通信網に流れてしまう。

かといって分離後では、交信が成立するとは限らない。

ゆかりは唇をかんだ。

ぐずぐずしていたために、最悪のタイミングになってしまった……。

『アトランティスおよびマンゴスティン。噴射終了まで二十秒』

「ヒューストン、こちらマンゴスティン、噴射準備完了、すべてゴー」

ゆかりはシーケンサー始動スイッチのカバーを上げ、指をかけた。

『全員無重力に備えよ。カウントはこちらでやる。五秒前……四……三……二……一……噴射終了、分離作業開始！』

『ロープ切断完了。アトランティス退避せよ』

間髪をいれず、ノーマンが言った。

下方に開いたペリスコープの視野のなかで、ペイロードベイの床がすっと離れていった。続いて両翼、エンジンナセル、機首——シャトルが真っ青な地球の中に溶け込んでゆく。

『退避完了。マンゴスティン、始めろ！』

始動スイッチを押す。

エンジンは即座に点火した。今度はごーっという音がして、びりびりいう振動も伝わってくる。いいぞ、うまくいった。

「こちらマンゴスティン。シーケンス始動。OMS点火、すべて正常」

ゆかりはトークボタンを離さずに続けた。

「ありがとうノーマン、それからゴードン、ルイス、バークハイマー船長。それとさっきはごめんなさい。みんな勇敢で、最高にかっこいいよ。あとはまかせて」

茜が目を丸くして見ている。

ゆかりは計器をにらんだままつぶやいた。

「言えた……。勢いってやつかな」

ACT・14

管制センターの向井に電話がかかってきたのは、ちょうどその頃だった。

「なんだって？　落ち着いて、順番に話して」

相手の声はおびえきっていた。

「Ｃｄｂの設定が三つとも？……それで最高温度は？……千六百七十度!?　本当かっ！」

今度は向井が蒼白になった。

「どうした？」

木下が聞く。

「その――空気抵抗係数の設定が――その、つまり――」

「結果だけを」

「……マンゴスティンがあの速度で大気圏再突入すると、熱破壊すると」

「本当か」

まわりの管制官がふり返った。

「念のため三つのモデルでシミュレーションしたんですが、ある設定値を誤ったままコピーしたそうです。すみません、僕の責任です！」

「ほい、熱破壊するって言った？」

マツリが聞いた。

「まだ二人には話すな」

「ほい……」

「どうしたらいいんですか、木下さん！　もう燃料はほとんど残ってないし――」

「落ち着くんだ。今から軌道を変えることはできない。ミッションは予定どおり進行する。

向井は顔をゆがめた。

その間に大気圏再突入の方法を再検討しよう。動かせるのはここだけだ」

「でも、すでに最適の進入角度でテストしてるんです」

「どうした。トラブルか？」

ガラスの向こうにいた那須田が、気配を察してやってきた。

木下が説明すると、那須田はさほど動じた様子もなく「そうか」と言った。この男は、
喜びは派手に表現するが、それ以外の感情は抑制する。

「進入角を思い切って浅くとったらどうだ」

「だめなんです。一度大気圏を弾かれたら次は急角度に入ってしまいます」

「オルフェウスの燃料を移すことはできないか。あれもヒドラジンだろう」

「それは——」

「不可能です」

木下が言った。

「あのタンクは長期飛行にそなえて半永久的な封がしてありますから」

「ふむ……」

那須田は少し考え、さしあたってやれることを指示した。

「二人にはまだ知らせるな。ヒューストンには隠さず報告しろ。向こうを通じて回収チームを増強させるんだ」

ACT・15

軌道修正は完璧だった。

オルフェウスは前方五十メートル。漆黒の空を背景に、上段エンジンの円筒形がきらきらと輝いている。

二人はすでに船外活動の装備を整え、船内の空気を抜いていた。茜は工具を入れたウエストポーチをつけている。今度は内部に潜り込む必要はない。安全タグもジャンパー配線も、外から手の届く場所にある。

燃料を無駄にしないよう、慎重かつ大胆に、ゆかりは噴射を重ねていった。

「オルフェウスまで十メートル。いま茜がハッチを開いた」

『ほい。二人ともがんばって』

マツリの声は、どこか平坦だった。

「それじゃ、出ます」

「気をつけて」

茜は右側のハッチを開いて、上体を外に出した。

ゆかりも左のハッチを開いて視界を確保する。オルフェウスの上段エンジンは、すぐ目の前にどっしりと浮かんでいた。

ゆかりは腕時計のストップウォッチ針を見た。

ランデヴー開始から二十七分。順調だ。

「船首下げようか?」

「そうしてください――はい、じゃ行きます」

茜は軽く座席を蹴って、外に漂い出た。命綱が後を追って、生き物のようにうねった。

茜は上段エンジンのカバーにとりつき、その上縁に移動する。

ゆかりは手順書の図と見比べた。

「右へ五十センチくらい。そう、そのへん」

「ここですね」

茜はヘルメットを奥に入れて、中を見た。

「……あった。ジャンパー配線発見。先端は宙に浮いてる」

「まわりに触れないように」

「大丈夫」

ウエストポーチからニッパーを出し、中に入れる。

「いま切断」

ゆかりはどっとため息をついた。

「次は安全タグ……これか……抜きました」

「やたっ、一気に終わったね！」

「案ずるより生むがやすし、かな」

声に笑みがこもっている。

「ヒューストン、こちらマンゴスティン。いま茜がジャンパー配線と安全タグを外した」

『マンゴスティン、よくやってくれた！　こちらもテレメトリで確認した。みんなの声が聞こえるか？　沸きに沸いてる』

聞こえるどころか、管制官の声がかき消されるほどだった。

茜が命綱をたぐってこちらに来た。ゆかりは足首を持って中に引き入れようとした。

そのとき、茜は動きを止めた。いま初めて、背後の光景に気づいたのだった。

「待って！　お願い、ちょっとだけ」

「なに？」

「すごいよ、ゆかり。後ろ――」

一刻も早くハッチを閉めたかったが、その口調にただならぬものを感じて、ゆかりはハーネスを解いた。

上体を乗り出し、船尾をふり返る。

ゆかりは打ちのめされた。

こんな地球は見たことがなかった。

高度は二千キロを越えていた。日本列島を縦に置いたほどの高さになる。この高度では、地平線は視野を一周して、完全な円をつくるのだ。

直下に見えるのは蛇行するアマゾン川と、その流域の大森林。

北方にはキューバ、メキシコ湾、フロリダ半島――その向こう、大気にかすんでワシントンやニューヨークのあたりまで見える。

南には、南米大陸のほぼ全容があった。左右に太平洋と大西洋がひろがり、もう少しでひとつに溶けあうところまで見渡せる。

ジェット気流にそって大蛇のようにうねる巨大な巻雲《けんうん》。

中緯度に渦巻くハリケーン。

積乱雲の谷間から閃《ひらめ》く稲光。

そして気がつくと、東方から夜の半球がしのび寄っていた。

「サハラ砂漠、いま夕暮れなんだ……」

茜が言った。

「日が暮れるって、こういうことだったんだね……」

「……うん」

ゆかりもその眺めに目を奪われていた。

手首が、じんわりとつかまれた。茜がこちらを向いていた。

「ありがとう」

「え？」

「ここまで連れてきてくれて、ありがとう。ゆかり」

「茜が自分で来たんだよ」

それから、

「おさえて、おさえて。泣いてばっかしじゃん」

ゆかりは、笑ったような声で言った。

「ここで泣くと、なんにも見えなくなっちゃうよ」

「そうだね。拭けないの、困っちゃうね」

「……戻ろう。もう、やばいよ」

「うん」

　二人は船内に戻り、ハッチを閉めた。

「ソロモン基地、こちらマンゴスティン。いま船に戻った。地球の眺めが素敵だったよ。あとはチリ沖にダイブするのみだね」

『ほい。二人ともおめでとう』

「どしたの？　なんかそっけないね、マツリ」

　応答までに、しばらく間があった。

『……ゆかり、茜。大事な話があるよ』

「なに？」

『ライフラフトの奥に、ランブタンの実を入れておいたよ。二人で食べて。これは魔除《まよ》けの実だよ。きっといいことがある』

「あんたったら、またやったの！」

『必ず食べて。ゆかり、茜』

「そりゃ食べてもいいけど、無線で堂々と言うようなもんじゃないよねぇ」

『おねがいだよ。ランブタンは魔除けになる』

「…………」

ゆかりは初めて違和感をおぼえた。

「どうしたの、マツリ？　……何が起きてるの？」

『食べおわったら言うよ』

ACT・16

ジョンソン宇宙センター、ミッションコントロール・ルーム。

さきほどまでの歓声は、ふっつりと消えていた。

ソロモン基地からの報告が、空気を暗転させたのだった。

まだ十六歳の、天使のような少女が二人、この事業の犠牲になろうとしている……。

状況は絶望的だった。

これが危険に挑むことの代償なのか――ジョージはそう、思い知った。

だが、あのときはやれた。

アポロ十三号の奇跡を、もう一度起こすことはできないのか。

彼の脳裏に、閃きが走ったのはその時だった。

ジョージは立ち上がって叫んだ。

「みんなうかつすぎるぞ！　これは月からの帰還と同じだ。こんなことは三十年前に経験ずみじゃないか！」

前席の飛行力学主任がふり返った。

「なんだ。なんのことを言ってる」

「スキップ弾道さ。大気圏のふちでアップダウンを繰り返して、速度を殺すんだ」

月から戻ってきたアポロ宇宙船は、スペースシャトルよりずっと高速で大気に突入する。これでは過熱して燃えつきてしまうので、イルカがジャンプを繰り返すように、大気圏に出入りしながら徐々に減速させたのだった。

「だがマンゴスティンには翼がないぞ。どうやって操縦する」

「忘れたのかランドール。カプセル型でも揚力は発生するんだ。姿勢を変えれば揚力も変わる。アポロは姿勢制御エンジンでやったんだ！」

「そうか……まてよ……」

ランドールの顔に理解の色がひろがってゆく。

「マンゴスティンのデータはあるんだな──そう、重心位置と前面形状がわかればいい。アポロ・モデルにあてはめられると思う」

「今すぐかかってくれ。今度は俺たちがガールズを助ける番だ！」

それからジョージはソロモン基地に連絡した。

「こちらヒューストン。質問がある。マンゴスティンは再突入中に姿勢制御できるか？」

『普通のやり方では不可能だが？』

応じたのは木下。

「仰角をわずかに制御できれば、ドルフィン運動で温度上昇をやわらげられると思うんだ。いま飛行経路を計算してる』

「そうか、アポロ方式か！」

『我々の方法を勉強していてくれてうれしいよ。だが姿勢制御ができないと意味がない。方法はあるのか？」

『再突入中の噴射制御はシーケンサーで扱えないし、遠隔制御もできない。手動操縦ならできるが――高G下で操縦桿をあやつるのはどうかな』

「操縦桿はどこにある？」

『右手の肘掛けの先だ』

「戦闘機スタイルだな。やってやれないことはないんじゃないか？」

『屈強の男ならね。だが、試す価値はあるな。大至急計算結果をくれ。礼はあとで言う』

「できしだい送ろう――」

ジョージはランドールに聞いた。

「いつできる」

「もう五分くれ」

「三分でやるんだ」それから木下に「五分以内に転送する」

ACT・17

「で、再突入に問題があるってなんなのよ！　ポロっと言うんだ、マツリ！」

『ほいほい、ゆかり——まだマツリにもよくわからないんだよ。ちょっと待って。木下さんが代わるよ』

『二人とも落ち着いて聞いてくれ。今更ですまないが、予定通りに再突入すると船体が熱破壊する可能性がでてきた』

「えっ！」

茜が小さく悲鳴をあげる。

「ちょっと……何それ！」

『こちらの手落ちだった。いくらでも罵倒してくれていいが、今はよそう。熱破壊を回避するためには、再突入中に姿勢制御をする必要がある』

「……再突入中に？　そんなことできるの？」

『手動操縦するしかない。君の腕力が頼りだ』

「ちょっと、八Gかかってるときに操縦なんてできないよ！」

『そうなる前にやるんだ。たぶん五〜六Gだろう』

「にしたって、か弱い乙女のやるこっちゃないよ」

『そこにはか弱い乙女しかいないんだ。どちらかがやるしかない』

「……どうやるの？　具体的には」

『船首のアップダウンを三回やる。問題なのは時刻と仰角だ。正しい時刻に正しい仰角を保てばいい。いまNASAがその数字を送ってきた。時刻／仰角のチェックポイントが二十四組ある』

「そんなの覚えられないな。そっちで読み上げてくれるんだよね」

『再突入中は無線が使えないんだ。書き取って計器盤に貼ってくれ』

「そうか。ちょっと待って、メモの用意するから」

ゆかりはオペレーションマニュアルの白紙部分を開いた。

「あ……茜、ボールペン貸して。あたしの、ルイスにあげちゃったんだ」

「えっ、ゆかりも!?」

「なによ、あんたも??」

「記念品交換しようって言われて」

なんなんだ、あいつはぁ……。グッズオタクか？

「どこかに予備のペン、なかったかしら」

「ないよ。SSAのオービターに限って、そんな冗長性はないんだ」

「じゃあ……ナイフでひっかくとか」

「あのGと振動の中だよ？　計器読むのもつらいのに」

「指切って血で書くとか」

「字が大きくなって紙が何枚もいるよ。そんなの貼るスペースないって」

『どうした。メモの用意はできたか。もう時間がないぞ』

「それがその――」

ゆかりが事情を説明すると、木下はううむ、と唸《うな》った。

「なにか方法がありそうなものだが……」

その時、茜が言った。

「あの、私が覚えて口述しましょうか」

「覚えるって、あの数字を？」

「合計四十八個ですよね。私、暗記得意ですから、覚えられます」

「本当にできるのか、茜』

「ゆっくり読み上げてください。頭の中の表に書き込みます」

『わかった。やってみよう』

木下が数字を読みはじめる。

茜は目を閉じて、数字を聞くごとに指で眉間《みけん》をつつくようなしぐさをした。

全部を聞き取ると、茜はそれを復唱してみせた。

木下の声には驚きがこもっていた。

『素晴らしいな……全部正解だ』

「すっごーい!! さすが優等生!」

『よろしい。では通常どおりの帰還手順を進めてくれ。ただし燃料は一滴も捨てるな。再突入まであと二十一分だ』

少し考えればわかることだったが、この手順には重大な欠陥が潜んでおり、少しもよろしくなかった。

あれだけ人がいて、なぜ誰も気づかなかったのか——そうした後悔は、宇宙開発の現場に常につきまとう。それは手品師の技巧に似ており、すべてに周到な木下でさえ、すっかり注意をそらされていたのだった。

ランデヴー開始から二時間。マンゴスティンは地球を一周して、小笠原諸島の東方千五百キロ地点で軌道を離脱した。

まだ、Gはかすかにしか感じないが、大気の擦過する音は着実に大きくなっている。

「はじまったよ、茜」

「ええ……」

「いろいろあったけど、結果オーライだよね」

「うん。とにかくオルフェウスは助かったし」

「みんなよくやったよ。茜もほんと、上出来だったよ。もう一人前の宇宙飛行士だね」

「ほんとう？　だったらうれしいな！」

茜は頬をピンクに染めた。ゆかりは、そんな茜を見るのが好きになっていた。

振動が高まり、窓の外がオレンジ色に染まりはじめた。

重力がよみがえる。一G……二G……三G……

ゆかりは操縦桿を持つ右手に、左手をそえた。

いけそうだ。手首で自重を支えれば、なんとかコントロールできる。

「茜、チェックポイント1は？」

返事がない。

「茜、チェックポイントの数字教えて」

茜は答えなかった。

「茜……まさか！」

ゆかりの顔から、音をたてて血の気がひいていった。

「おいっ！　茜っ！　起きろっ!!　起きてくれーっ!!」

打ち上げと同様、高Gがかかったとたん、茜はぱったりと気絶したのだった。

「どっ、どーしたらいいんだ！　仰角は!?　おい！　おーいっ!!」

揺り起こそうにも、もう腕が持ち上げられなかった。

ゆかりはやけくそになって叫んだ。

「こーなったら山勘でやってやる！　どこへなりと落ちろ、生きてりゃ文句は言わんっ！」

アップダウンを三回やる――ゆかりが覚えていたのはそれだけだった。

一度は完全に大気圏外に戻ったような気がしたが、すぐに高Gがよみがえった。

これはやばいと思って仰角を変える。Gが減る。茜は起きない。またGが高まる。

悪夢のような時が続いた。

ゆかりは疲労困憊《こんぱい》した。もう手の感覚がない。目もかすんできた。

……もういいよね？　あたしはよくやったよ。誉めてやりたいよ。

あとはマンゴスティン、あんたにまかせる。パラシュートだけは開いてくれ。

ゆかりはあらゆる努力を放棄し、操縦桿から手を離した。

そして眠りにおちた。

『……の国籍不明機、こちら東京コントロール、応答せよ。日本海を飛行中の国籍不明機、ただちに応答せよ』

そんな声で、ゆかりは目覚めた。

ん……？　なんだ、なにがどうなった？　あれから……？

外は紺碧《こんぺき》の空だった。

『日本海を飛行中の国籍不明機、こちら東京コントロール、ただちに応答せよ』

東京コントロールつーことは……地球を余分に半周したのか。

「あー、東京コントロール、こちら宇宙船マンゴスティン。感度良好」

『宇宙船って……またあんたか！　ソロモンのゆかりちゃんか⁉』

「えー、そうです。たびたびすみません」

『マンゴスティン、いちおう聞くが、高度と目的地は』

「高度二十一・三キロメートル。目的地は……南太平洋だったんですけど」

『よしわかった、あとは前回同様だな』

「でですです」

『警察と消防庁と海上保安庁と自衛隊に連絡しておく』

「恐れ入ります。で、今回はどのへんに落ちそうですか？」

『前回と同じようなコースだな。神奈川か、東京湾か、相模湾あたりだろう』

「……また？」

『そう、まただ』

どさっ、という衝撃があって、パラシュートが開いた。

「……だけどなんでまた、またなんだろ」

ゆかりはひとりごちた。

「まさかまた、あそこへ落ちたりして」

ゆかりは頭を振った。

「んなわけないよな。呪いなら、もうふっきったもんな。前回のあれで」

燃料電池をシールドバッテリーに切り替える。O_2、H_2、パージ。

生命維持装置カットオフ。

外気ベンチレーション。

ペリスコープに見えるのは——しかしまぎれもなく、横浜の街。

盛大な水音をたてて、マンゴスティンは着水した。

「茜！　起きなってば！　着いたよ、どこだか知らないけど」

「……ああ、ゆかり……え、もう着いた？　着水した？」

「そお。ともかくどこかに着水した」

「へえ……」

へえじゃないだろうが、と思いながら、ゆかりはハーネスを解き、ハッチを開いた。

最初に目にとびこんできたのは——〝トンボを呼び戻そう〟の立て札。

ゆかりはもう、驚かなかった。

……そうよ、こんなもんよ。何か神秘的な力が、あたしたちを翻弄してるんだ。

「茜さ」

ひとまずハッチを閉めてから、ゆかりは言った。

「もうこりごりだって思ってるなら、学校に戻るチャンスだけど？」

「いいえ」

その頰は、またピンクに染まっていた。気絶する直前の感情がよみがえったらしい。

「私、わかったの。私が学ぶ場所は宇宙だって」

「……そう？」

返事は優等生だけど——ゆかりは思うのだった。

往復で気絶しといて、やっていけると思うわけね、あんたは。

『中庭の生徒はただちに教室に戻りなさい！』

周囲の喧騒がエスカレートしてきた。

やれやれ、また校長室か。

そういえば──

《ゆかりのほかに、誰があの学校を呪う？》

マツリはそう言っていた。

自分のほかに……

ゆかりは、はっとして隣を見た。

「……茜。もしかしてあんたさ」

「はい？」

「ネリ女のこと、呪ったりした？」

「そんな、呪ったりなんか──」

言いかけて、茜はふと口をつぐんだ。

頬に冷汗が一筋、光った。

「するわけ……ない……と思う」

「ほんと？」

「…………」

ゆかりは茜の顔をのぞきこんだ。冷汗が、あとからあとから流れ落ちていた。

あとがき

ロケットガール・シリーズの1巻と本書2巻は二〇〇七年にアニメ化され、WOWOWで放映された。

私の小説がアニメ化されるのは初めてのことで、製作現場は見るものすべて珍しかった。ほんの少しだが、この早川版にはアニメ版の影響があるので、そのことを記しておきたい。

アニメは小説に較べると、工数がものすごく多い。登場人物や舞台はすべて詳細な設定が作られる。小説は脚本になり、絵コンテになり、台本となった。絵コンテは原画になり、原画と原画の間を埋めるように動画が描かれる。動画は国内外にある数多くのプロダクションで手分けして描かれ、その用紙の束は毎晩のように飛行機で運ばれてくる。現在はデータ通信ですませているかもしれないが、当時は飛行機で運んだほうが早くて確実だと聞いた。

アニメ制作は膨大な手間とコストがかかるから、後からやり直すことにならないよう、段階ごとに入念にチェックしながら進行する。だからアドリブなどあり得ないと思っていた。

そして私は、アニメ制作については素人だから、でしゃばらないようにしていた。アニメは映像と音響で表現し、作り手側の決めたタイミングで展開していくのだから、認知のプロセスが小説とまったく違う。原作者には強い発言力が与えられていたが、餅は餅屋にまかせるべきだろう。設定と脚本をチェックしたら、私はそれ以上口出ししないつもりでいた。

ところが、音響の最終段階であるところのアフレコ現場に、私は毎週のように通うことになった。収録は毎週土曜の午前中に始まる。その時間に自宅にいると、スタジオから何度も電話がかかってくる。台詞の変更だった。

「ここがちょっと違和感あるんですが、どうしましょうか?」

と訊かれるのだ。どうやら、でしゃばるどころか、原作者の立ち会いが必要とされているらしい。これまでさんざん練り込んできたのに、最後の最後でなぜ変更が入るのだろう?

一般に工学的なトラブルは、前例のない、何か新しい状況のもとで発現する。同じことがアニメ制作にもあった。

アフレコでは、声優たちが台本の台詞に初めて魂を入れる。これは他のスタッフには真似できないことだ。それまで線と記号の集合だった登場人物に一個の人格が宿り、血が通う。すると、それまで見逃されていた、台詞の不自然さ――多くはストーリー展開の都合と説明の段取りに起因する――がたちまち露呈するのだった。

声優はどうにかしてその不自然な台詞を演じてくれるが、見守っていたスタッフはただちに「ああ、これはダメだ」と悟る。原作者の私も「なぜこの不自然さに気付かなかったのだろう」と恥じ入ったものだった。


もとより本シリーズは、女子高生がおよそ女子高生らしからぬ言葉を放っている。二十年前の執筆ということもあるが、当時から「これは不自然だろ」と思うところは多々あった。私は女子高生ではないから、リアルで自然な会話など最初からあきらめ、勝負しないことにしていた。

アニメ制作にあたっては、その手抜きを大勢の才能が寄ってたかって修正してくれた。すべてのスタッフに感謝しているが、なかでも声優には格別の敬意を抱くようになった。

声優や俳優など、演技する人につく「優」の字は「わざおぎ」と読み、神霊を招くという意味があるそうだ。架空の人格に魂を入れる、並外れたわざを持っている、ということなのだろう。

声優やアニメスタッフの仕事ぶりを目の当たりにして、私も本書の会話部分をいくつか修正した。また、自衛隊ヘリの登場するシーンでは海上自衛官の方にお願いして添削していただいた。一冊の本が世に出て波及することの面白さを、本書は教えてくれたのだった。

二〇一四年一月

野尻抱介

解　説

科学技術ジャーナリスト
松浦晋也

本書、ロケットガールシリーズ第2作『天使は結果オーライ』は一九九六年十二月に富士見ファンタジア文庫から書き下ろしで出版された。以来十七年以上経ったが、本書の内容は古びてはいない。ただし時間の経過により、本書成立に関係してくる現実の宇宙開発の状況は見えにくくなっている。以下、そのあたりを解説しよう。

本書に登場する冥王星探査機「オルフェウス」は、スペースシャトルで打ち上げる設定となっている。現実に、スペースシャトルの合計一三五回の飛行で太陽系空間へと打ち上げられた探査機は、金星探査機「マゼラン」（一九八九年五月打ち上げ）、木星探査機「ガリレオ」（同一九八九年十月）、太陽探査機「ユリシーズ」（同一九九〇年十月）の三機だ。このうち直接的にオルフェウスの設定に影響を与えたのは、同じ外惑星方面に向からガリレオだろう。

アメリカの太陽系探査は基本的にかなり手堅いステップを踏んで順々に行われている。のるかそるかの一発博打的探査機をひとつ打ち上げて、成功したら〝バンザーイ〟、はいそれでおしまい——というのではなく、段階を踏んで継続的に探査を実施しているわけだ。このような行き方をプログラム的探査という。

外惑星探査の場合、まず技術試験機二機「パイオニア10／11号」をそれぞれ一九七二年と七三年に打ち上げた。二機というのは、どちらかが失敗しても目的を達成するためだ。このためパイオニア10／11号は基本的に同型機である。

両機は二年半の飛行の後、木星の側を通過して観測を行った。この場合、目的は「木星ほども遠いところからきちんと通信できるか」とか「木星周辺の宇宙環境でも探査機は壊れないか」といったことを確かめるのが主目的である。パイオニア11号は、木星接近時にその重力を利用して加速し、一九七九年に土星の側も通過している。

第二段階として、惑星の横を通り過ぎつつ本格的な観測を行う探査機二機が開発された。「ヴォイジャー1／2号」だ。共に一九七七年に打ち上げられ、一九七九年に木星を通過、一九八〇年と八一年に土星の側を通過して観測を実施した。土星通過時に1号は、衛星タイタンの観測を優先したので、その後どの惑星に赴くこともなく、そのまま太陽系脱出コースに乗った。2号は土星重力を利用してさらに加速し、一九八六年に天王星、一九八九年に海王星の横を通過してそれぞれ観測を行った。

横を通過しての観測の次は、周回軌道に入って惑星本体や衛星をじっくりと観測する探査機の出番となる。その1号機として企画・開発されたのが木星探査機「ガリレオ」だ。ところがここでアメリカはつまづいた。

一九八一年四月、アメリカは次世代宇宙輸送システムであるスペースシャトルの初飛行に成功した。これにより、衛星や探査機の打ち上げは、使い捨てのロケットからスペースシャトルによる打ち上げへと徐々にシフトしていくことになった。

ここで上段《アッパーステージ》という言葉を覚えてもらいたい。ロケットの第二段や第三段、あるいは第四段のこともあるが、衛星や探査機を正確な軌道に投入する誘導制御機能を持つ段のことだ。ロケットは第一段から順に切り離していくから、誘導制御用の電子機器は上のほう、最後まで使う段に搭載する必要がある。日本のH-IIAロケットでは第二段が上段ということになる。

なお、細かいことを言うと、上段が最後の段になるとは限らない。さらなる加速が必要な場合は、上段の上にさらに姿勢制御機能を持たないキックモーターという固体推進剤の段を乗せることもある。上段の燃焼終了後に姿勢をがっちり制御した上でスピンで姿勢を安定させる。それから探査機＋キックモーターを切り離し、キックモーターの噴射でさらに加速するのだ。こうすると、キックモーター段には電子機器や姿勢制御装置が不要になり、その分探査機を重くすることができる。小惑星探査機「はやぶさ」はこの手法で打ち上げられている。

上段はそのロケット専用に開発することもあるが、アメリカやロシアでは、何種類かのロケットで同じ設計の上段を共有し、打ち上げ目的に応じて組み合わせている。アメリカの代表的上段は液体酸素と液体水素を推進剤に使用する「セントール」というものだ。アトラスロケットと組み合わせると「アトラス・セントール」となるし、タイタンロケットだと「タイタン・セントール」となる。

スペースシャトルのオービターは、高度数百kmの地球低軌道までしか上がれない。だからシャトルを使って衛星や探査機を打ち上げるためには、シャトルの荷物室に収まる上段が必要になる。それも、従来のロケットとは貨物室内への固定方法やら、有人のシャトルのための安全性基準やらが違うからシャトル専用の上段が必須だ。

アメリカはシャトル用に二種類の上段を開発した。固体推進剤を使った「IUS」、そして液体酸素・液体水素を使う「セントール」の改造型である「セントールG」だ。ガリレオは、セントールGによるシャトル打ち上げを前提として開発された。打ち上げは一九八六年五月。一路木星に向かって飛行し、一九八八年には木星に到達して観測を開始する予定だった。

　ところが一九八六年一月二十八日にチャレンジャー爆発事故が発生する。この事故によりシャトルが抱えていた諸々の矛盾、問題点が顕わになり、シャトルは大改修を受けることになるのだが、安全性確保の一環として「セントールG」の開発が中止となってしまった。「有人のシャトルの貨物室に、どんどん揮発する極低温の液体水素推進剤を積むのは危険だ」というわけだ。

　困ってしまったのはガリレオだ。木星到達には、高性能の液体酸素・液体水素推進剤が必須だったのである。固体推進剤のＩＵＳでは、木星にたどり着くことができない。

　こういうとき、宇宙開発の世界では軌道を工夫する。ガリレオは、パイオニア10／11やヴォイジャー1／2のように一路木星に向かうのではなく、金星に寄り道する軌道をたどることになった。ＩＵＳを使ってまず金星に向かい、金星の重力を使って加速、さらに地球に戻ってきて地球の重力で加速、もう一回地球に戻ってきて再度地球の重力で加速——という手順で木星に向かうことになったのだ。二年半の予定だった旅路は、六年に延びた。もともと太陽光線が強い金星に近づくような設計はしていなかったから、探査機には新たに日除けが追加され、開くと日除けに入りきらないパラボラアンテナは、金星の側を通過した後で開くことになった。

予定から三年以上遅れて、一九八九年十月十八日、シャトル「アトランティス」でガリレオは打ち上げられて木星へと旅立った。ところが、金星通過後にパラボラアンテナが開かないというトラブルが発生。このままでは木星から観測結果が送信できない、という状態に陥った。

この時NASAは新たなデータ圧縮プログラムを開発してガリレオに組み込み、より通信速度の遅いアンテナ経由でも頑張れば通信可能にする、というウルトラC級の技を繰り出して危機を乗り切った。ガリレオは一九九五年十二月に木星に到達し、その後八年間の観測を実施し、二〇〇三年九月二十一日に木星本体に計画的に墜落させて使命を完遂した。

ちなみに、アーサー・C・クラークは、ガリレオの木星到達を心待ちにしていた。新たな観測データが届いたら、それを使って『2061年宇宙の旅』を書くつもりだったのである。チャレンジャー事故で打ち上げが延期になった結果、クラークは一九八七年に『2061年宇宙の旅』を刊行し、前書きに「私は待たないことを決めた」と書いた。

ガリレオの次の外惑星探査機、土星探査機「カッシーニ」は、もうシャトルを利用しなかった。一九九七年十月十五日に使い捨てロケットの「タイタン4・セントール」で打ち上げられた、こちらも、ガリレオ同様の金星・地球経由で七年後の二〇〇四年六月三十日に土星に到着。これは、ガリレオが二・五トンだったのに対して、カッシーニは五・八トンと二倍以上に大型化したためである。

本書のもうひとつのトピックである冥王星探査だが、アメリカは二〇〇六年一月十九日に、冥王星の横を通り過ぎる探査機「ニュー・ホライズンズ」を打ち上げた。探査機重量は四六五kgとガリレオやカッシーニと比べるとずっと小さい。早期に冥王星に到達することを優先して、小型軽量化を徹底した結果である。その結果、ニュー・ホライズンズの打ち上げ直後の地球に対する速度は毎秒十六kmを超えた。人類が過去に打ち上げた探査機の中でも、最速である。打ち上げ一年一ヶ月後の二〇〇七年二月二十八日には、早くも木星の側を通過。それでも冥王星最接近は打ち上げから九年半後の二〇一五年七月を予定している。

二〇〇六年八月にチェコのプラハで開催された国際天文学連合（IAU）総会で、冥王星は惑星の区分からはずれ、〝準惑星〟という新設の区分に入ることとなった。二十世紀末から太陽系外縁部で、冥王星のような星が次々に見つかったため「これは惑星というよりも新たな種類の太陽系天体だ」ということになったからである。一見降格のように見えるが、これでニュー・ホライズンズの意義が薄れるということはない。同探査機は、太陽系外縁部に散在する準惑星の様子を探る、最初の探査機なのだ。

ところで、カッシーニのような大きな探査機には莫大な予算が必要になる。カッシーニには総額三十四億ドルが投じられた。一九九二年に米航空宇宙局（NASA）長官に就任したダニエル・ゴールディンは、探査機巨大化の傾向に歯止めをかけ、より機動的な探査を実現しようとして「ディスカバリー計画」という小型の探査機シリーズを開始した。そのモットーは「より速く、より良く、より安く（Faster, Better, Cheaper）」というものだ。

本書刊行十ヶ月前の一九九六年二月十七日、ディスカバリー計画第一弾となる小惑星探査機「ニア」が打ち上げられた（後に一九九七年に交通事故で死去した惑星科学者ユージン・シューメイカーを記念して、ニア・シューメイカーと改称された）。ニア・シューメイカーは二〇〇〇年に小惑星エロスに到達し、その観測に成功した。野尻抱介は、この探査にヒントを得て、「轍の先にあるもの」（SFマガジン二〇〇一年五月号、ハヤカワ文庫JA『沈黙のフライバイ』収録）という短篇も描いている。

つまり小説の中で、ロケットガールが活躍していたのと同時期、太陽系探査の世界でも「小さくて軽いのは正義」という動きが並行して起きていたのである。可愛い女子高生の活躍のみに惑わされることなかれ。作者はきちんと現実の宇宙開発の動向をウォッチした上で、彼女らを活躍させていたのだった。

本書は一九九六年十二月、二〇〇六年十一月に富士見ファンタジア文庫より刊行された作品を、再文庫化したものです。

野尻抱介作品

太陽の簒《さん》奪《だつ》者《しゃ》

太陽をとりまくリングは人類滅亡の予兆か？
星雲賞を受賞した新世紀ハードＳＦの金字塔

沈黙のフライバイ

名作『太陽の簒奪者』の原点ともいえる表題
作ほか、野尻宇宙ＳＦの真髄五篇を収録する

南極点のピアピア動画

「ニコニコ動画」と「初音ミク」と宇宙開発
の清く正しい未来を描く星雲賞受賞の傑作。

ふわふわの泉

高校の化学部部長・浅倉泉が発見した物質が
世界を変える——星雲賞受賞作、ついに復刊

ヴェイスの盲点

ロイド、マージ、メイ——宇宙の運び屋ミリ
ガン運送の活躍を描く、〈クレギオン〉開幕

野尻抱介作品

フェイダーリンクの鯨

太陽化計画が進行するガス惑星。ロイドらはそのリング上で定住者のコロニーに遭遇する

アンクスの海賊

無数の彗星が飛び交うアンクス星系を訪れたミリガン運送の三人に、宇宙海賊の罠が迫る

タリファの子守歌

ミリガン運送が向かった辺境の惑星タリファには、マージの追憶を揺らす人物がいた……

アフナスの貴石

ロイドが失踪した！　途方に暮れるマージとメイに残された手がかりは〝生きた宝石〟？

ベクフットの虜

危険な業務が続くメイを両親が訪ねてくる!?しかも次の目的地は戒厳令下の惑星だった!!

著者略歴　1961年三重県生，作家　著書『太陽の簒奪者』『沈黙のフライバイ』『ヴェイスの盲点』『ふわふわの泉』『南極点のピアピア動画』（以上早川書房刊）『ピニェルの振り子』他多数

HM=Hayakawa Mystery
SF=Science Fiction
JA=Japanese Author
NV=Novel
NF=Nonfiction
FT=Fantasy

ロケットガール 2

天使《てんし》は結果《けつか》オーライ

〈JA1147〉

二〇一四年二月　十　日　印刷
二〇一四年二月十五日　発行

（定価はカバーに表示してあります）

著者　野《の》尻《じり》抱《ほう》介《すけ》
発行者　早川　浩
印刷者　西村文孝
発行所　株式会社　早川書房

郵便番号　一〇一 - 〇〇四六
東京都千代田区神田多町二ノ二
電話　〇三 - 三二五二 - 三一一一（大代表）
振替　〇〇一六〇 - 三 - 四七七九九
http://www.hayakawa-online.co.jp

乱丁・落丁本は小社制作部宛お送り下さい。
送料小社負担にてお取りかえいたします。

印刷・精文堂印刷株式会社　製本・株式会社フォーネット社

ISBN978-4-15-031147-6 C0193

本書は活字が大きく読みやすい〈トールサイズ〉です。